수원 방랑

수원 상량

김대술 시집

自序

我詩願願千手千行後寂滅

2020년 12월 30일
쓸쓸함 높고 깊은 별 강화 창리에서
김대술

차례

제1부

자클린의 눈물

길 위에서

블랙야크

한라산에 취하지 않을 사람 어디 있을까? 지하 깊숙하게 터져 나오는 물 만이었을까? 제주의 한과 슬픔 고통과 기쁨이 암반을 뚫고 나온 것인지 모르겠습니다. 청정하여 깨끗하다고 투명한 병에 담을 수 있다지만 아직도 잠들 수 없는 땅. 800m 고지에 자생하는 조릿대 숲으로 정제한 한라산과 동거했던 산 사나이 길 위에서 그리운 가슴에 히말라야 일망무제 연봉 빙긋 보고 싶다며 서거나 누워있습니다. 사랑은 사람이 이룰 수 없는 신의 영역이라지만 흰 빛 고귀한 에델바이스 찾아 길을 떠납니다.

죽을힘 다해 정상에 바위 올리지만 다시금 굴러 떨어지는 피의 강물 세상에 가득합니다. 어떻게 할 것인가? 비극적인 삶이라도 이룰 수 없을 만큼 높은 이상 영혼에

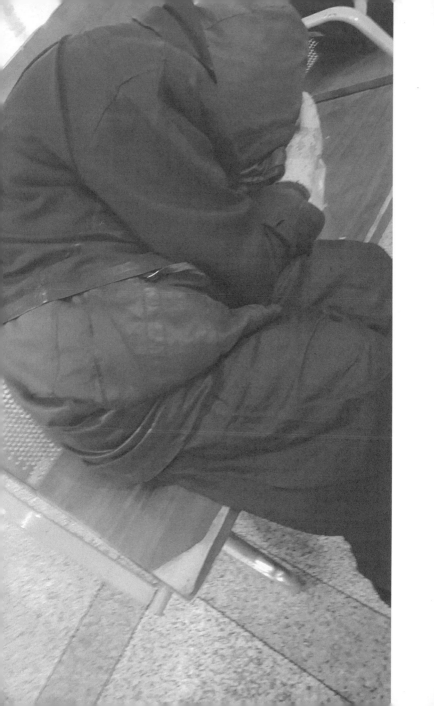

각인하고 길 위에서 자클린의 눈물* 듣습니다. 미친 세상에서 사는 벌로 매일 밤 술 약속 당연하다는 자원봉사 정신과 의사. 아침이면 반사적으로 창 밖 정상 바라봅니다. 밤 10시 수원역 현장 진료 고달픈 일인데 후원금 사모님 몰래 노숙인 춥지 말라고 텐트 좀 사주세요 문자 옵니다. 블랙야크 전선은 이상 없습니다.

삼양 라면 신라면 상자 깔고 삭풍 이불 삼아 살지만 고칠 수 있는 사회현상과 인간의 정신세계인데 새우등 세상에 돌풍과 낙석 안개 눈사태 불 떨어질까 걱정 자다가 망보는 건지 초롱초롱 말똥말똥 거립니다. 노숙인 몰려온다고 쌍심지 쳐다보아도 강추위 박힌 세상 곳곳의 역사는 노숙인의 집입니다.

....

* 자클린의 눈물: "어떻게 하면 삶을 견딜 수 있죠?" 병 중에 자주 말하던 자클린 뒤 프레. 이 곡은 천재 첼로연주자였지만 42세에 요절한 그녀의 삶과 닮은 음악이다. 병마와 싸울 때 남편 지휘자 바렌보임은 그녀를 떠났다. 원래 자크 오펜바흐의 미발표 유작이었으나 베르너 토마스가 발굴해 세상에 알리며 그녀를 애도하고자 〈자클린의 눈물〉이라 제목을 붙였다.

지고지순한 이상 가슴에 품은 사람 지상에서 영광 볼
일이 없습니다. 잘 차려진 술상 가무와 풍류 돈과 명예
권력 탐하지 않으며 앞뒤 좌우 상하 구별 없이 씩씩거
리며 맹렬한 것 이겨내야 합니다. 허연 죽음 목구멍으
로 밀어 넣고 한발 한발 올랐던 고상돈 에베레스트
1977년. 살아 돌아와야 합니다.

벗들아. 그리운 벗님이시여. 복숭아꽃 햇살 가득한 산
속 그 누가 보냈는지 모르지만 한잔 술 스스로 흐르는
강물 그대와 나의 가슴 달빛 가득하여 넓고도 넓은 바
다로 가고 있습니다.

스텝 회의

오리온성좌 삼태성 어린 별 탄생했다고 소곤소곤 초롱
초롱 반짝반짝 빛납니다. 덤불 개나리 감나무 사이사
이 무엇이 그렇게 신나는지 요리조리 재잘재잘 왔다
갔다 까불고 있는 참새들 열린 창에 별처럼 가득합니
다. 안 받으면 섭섭하고 줄 곳 많은 설 앞두고 차례상
준비합니다. 조상님들께 먼저 절하며 돼지 머리고기
백설기 기본 올해는 전을 좀 부칩시다.

설 명절 기름기 폴폴 좀 나야 기분 좋고 떡과 잡채 홍어
무침 고향이나 마나 산소에도 못가 목메지 말라며 식
혜도 삽시다. 좀 쌈빡한 거 없지요. 생각해야 합니다.
음식 말고 오래간만에 색다른 선물 받아 즐거워 반짝
이는 별에서 오신 노숙인들과 지상에서 보고 있는 사
람들 더욱 빛나라고 말입니다.

그래 맞다. 우리 콘돔 두 개씩 선물하자. 와우 그거 좋겠네. 에이 누구 약 올릴 일 있어 애인도 원 나잇 파트너 없는 사람들 열 받게 그게 뭐야. 그렇지 그건 혼자 물총 쏘면 되지 휴식 시간 합시다.

오후 두 어 시 테이크 아웃 새콤한 레몬주스 들고 옆 건물 조이 모텔 청춘 들어갑니다. 우리 선생님들 마땅히 쉴 곳 놀 일도 없이 평생 씨 한번 좋은 밭에 2층 유리창 뚫어지게 쏘지도 못하고 엉뚱한 곳에 질질 흘린 반쪽짜리 새끼들입니다. 밤하늘 셀 수 없는 별들 사라져 보이지 않는 놈 불타며 꼬라박기는 매한가지입니다.

삶

아들아 집 나올 때 꼭 똥 싸고 나오너라.

길 위에서 틀어막아 식은땀 삐질삐질 걷지도 못하니 똥 싸고 가거라.

길 잃어 헤매다가 갈 길 멀고 해 떨어지면 급하게 나올 똥 성깔 더럽더라.

괜히 헛짓거리하다가 피똥 싼다. 지랄 같은 것들에게 아갈머리 잡혀 찢어지지 말고 똥 시원하게 누면서 살아라.

혼 밥 하는 아들딸들아 똥 쌀 곳 없고 찾기 힘들어 치욕 당하지 마라.

18 수원 방랑

밤새 알바 공장표 잡스러운 것 먹어 찌직찌직 더러운 똥 싸지 말며 미끄러지듯 시원하게 빠지는 똥이라도 누고 가거라.

천년을 뒤돌아보아도 단 하루아침이나 즐거웠는지 모르겠다. 짜증내며 홧김에 서방질하듯 성질부리지 말고 민중의 고통 알리며 보듬어주는 단 한 편 장한 시 모시려 용을 쓰며 똥 자랑스럽게 누면서 살아라.

산과 벌판 바다와 하늘 보면서 길지도 않은 길 가다 보면 혹시 아느냐. 기분 좋은 일 생길지 모르니 집 나올 때 꼭 똥 싸고 가거라.

장 선생님

김 선생. 세상에 영원한 것이 뭐가 있을까? 맨 처음이
있었을까? 지금 이곳만 아닐까? 삼대 지나면 잊혀버릴
것인데 마누라와 새끼들 먹이고 키운다는 것이 부질없
으며 무슨 의미가 있는지 모르겠어.

가출이 뒤집혀 출가인지 빈털터리 거리로 나오셔서 밥
대신 술 밤낮으로 드셨습니다. 접선하듯 아드님 색시
찢어진 눈처럼 얇은 용돈 막걸리가 막갈리로 변해 아
랫도리 꽃봉오리 핀지 오래됐습니다. 이러시면 아니
되옵니다. 좋은 세상이잖아요. 건강히 오래 사셔요. 내
가 왜 죽어 이 양반아. 그런데 말이여. 어릴 적 여름밤
멍석 깔고 누워 있으면 무수한 별들의 강 기둥도 없으
면서 동서남북 사방팔방 깔려있는 공간이 참 좋더라고.
은하수 끝날 곳 없는 끝까지에 내가 있는 거 같아. 선생

님 그건 맞고요. 작년같이 더워 미쳐버리던 날 바람 한 장 불알 밑에 깔고 버티더니 제발 요양병원이라도 가시지요.

아니여 술 먹고 혼자 있으니 좋아 우리가 원래 도꼬다이잖아. 천둥 번개 바람 한줄기 햇살 물 한 모금 한 순간이 나인걸. 사랑이나 슬픔 희망 모두가 허물 벗어버리듯 저 별자리로 가는 건지 모르겠어.

후미진 도시의 뒷골목 피식피식 웃으며 잘 나간다고 이 정도면 수입 괜찮다고 잘난 척하지 말 것은 삐끗하면 뒤로 물러나 아리슬슬 올라가야 되는지 흔들흔들 정신 못 차리고 위태위태 간당간당 날이면 날마다 징그럽다. 노숙은 삶의 질곡을 용감히 퇴각하여 별이 되는 것인지 모르겠습니다.

위아래 피똥 싸며 길 위에 자빠졌는데 저승사자는 땅으로 소풍 가지 말라고 했지. 그동안 고생했다고 데려간다. 거리에 계신 선생님 돌아가시면 친했으니 의리

지킨다며 술친구 몇몇 다음 차례 누구냐 힐긋힐긋 도살장 소 기다리듯 멀뚱멀뚱 앉아있고 조문 초 한 자루 챙길 사람 없는 선생님은 평생 추워 지냈는데 마지막 냉장실 덜덜 떨다가 이제야 마음 놓고 뜨거운 불 맛보러 화장터 가십니다. 주검 싸 들고 서울의 좋은 영안실에 모신 아드님 마음 알 것 같습니다. 세상은 그냥 밥이나 한 그릇 얻어먹고 가는 상갓집인지 모르겠습니다.

아틀라스

저승사자 오기 전 손 뻗어 바들바들 떨고 있는 환부에 가슴 대면 나는 살고 싶다. 실핏줄 터질 듯 눈동자로 황천길 두려운 모습 목구멍으로 꿀떡 넘기며 목덜미 낚아채야 한다. 죽어가는 환자 여리고 고운 얼굴 쳐다 보며 갈고닦은 수많은 시간 잠 못 이뤘던 날들 순식간에 지나간다. 침착하고 예리하게 잘 갈아놓은 칼로 환부 가를 때 그대는 사람의 손이 아니구나. 밤이 깊을수록 별 더욱 빛나 지상에 사람 있다며 세상 온 천지 외치는 분노한 신들의 도움인지 모르겠습니다.

예로부터 돈에 눈먼 제사장 하늘만 받들어야 된다지만 냉대와 무관심 오만과 탐욕 수도 없이 피 터지게 싸워 하늘과 땅 사이 사람이 하늘이라는 신화 탄생시켰습니다. 꽃 한 송이 고개 떨구고 팔랑거리던 나뭇잎 시간도

멈춥니다. 살릴 수 있는 급박한 시간 단축하지 못하면
우주의 별 폭풍처럼 그대 가슴 강타할 것입니다.

사람들 무엇에 그렇게 관심이 있는 것일까요? 아무도
뒤돌아보지 않고 지나칠 때 수백억 개의 각기 다른 은
하계 초신성 장엄한 폭발 우주를 핏빛으로 물들입니다.
사람이 대우주였다고 천둥번개와 방향 모르는 장대비
땅을 울립니다.

존재하는 모든 것이 형제자매라서 하늘인 돈을 따르라는 죄와 벌 거부하고 떨어져 갈아 나오고 불타 숨막혀 짓눌려 죽어나가는 사람 살렸습니다. 응급의료 분야 절망적인 상황 결사적으로 개척해온 고 윤한덕 센터장에게 동업자 의사 이국종은 아틀라스라고 이름 짓습니다.

살처분

전쟁이다. 가야 할 길 막히면 하얀 시트 줄 깁니다. 비틀린 모가지 바로 앞에 있듯 피 흘림 날마다 일상입니다. 작은 지구촌 어린아이들처럼 땅따먹기 막무가내 고집 피우고 책임 조상들에게 미루며 울고 있는 아이 손잡아 타협과 분쟁 위한 해결 좋을 대로만 판단하는 것들 살처분 중입니다. 끼어 갈아져 나오고 쥐포처럼 눌려 떨어져 불타 숨 막혀 죽어 나가는 예상된 일입니다. 원청에 하청 재하청에 재하청 정규직 철 밥통 물려주기 바쁠 때 비정규직뿐만 아니라 원래 없는 것들 날이면 날마다 숨 쉴 수 없어 맨 먼저 죽어나갑니다.

왕후장상 씨 자기 가문에만 있다고 종신집권 야욕 군사 철통 독재 물려받은 달달한 것 살처분 중이다. 우아하고 기품 있다는 날 강도들 방심하던 사이 창자 튀어

나와 간 쓸개 위장과 대장 바닥 흥건히 넘칠 것을 각오
해야 한다. 뒤엉켜 실타래만 헝클어 나 몰라라 고운 밥
만 축내고 제 식구 밥그릇 똥 그릇 땅과 건물 하늘에
숨겨놓기 바쁘다. 살처분 중입니다. 기계 멈출 것이고
땀 흘릴 것이다. 완벽한 고층 아파트 최고의 철강 앞가
림 이중 삼중 호위무사 공포와 두려움 벗어날 길 없어
숨겨놓아 안전하다는 곳에서 지랄 발광을 합니다.

피투성이 지구촌 코로나19 물리칠 백신 개발하겠지만 멈
추고 되돌릴 수 없어 돈과 명예 권력 사라질 가문만 생각
하는 자본의 세계에서 바이러스는 계속 진화할 수밖에
없어 살처분 중이다. 파국 가져올 것들에게 저항하지만
동시에 대안 제안해야 합니다. 평화 반대하고 분단 고착
화시키는 것들도 살처분 중입니다. 현대사의 저주가 아
직도 우리를 옥죄고 있는 철조망 걷어내고 하루속히 평
화적인 공존 이뤄내야 합니다. 극소수의 사람들 새로운
질서 위해 살신성인 피눈물 흘릴 때 저녁 산들바람은 부
드럽게 위로합니다.

햇빛 바람 물 숨 한번 들이쉴 수 없는 전율의 날개를
달고 다가오는 위장된 공기 막을 수 없습니다. 광기와
탐욕 오만과 편견 비명 틀어막아 죽음이 목구멍 속에
있음을 빈손으로 왔다가 빈손으로 가는 잊어버린 것
살처분 중입니다.

겨울 단체 목욕탕

북극 남극인지 사람들 시선 날마다 바람 추위에 시달
린 우리 선생님들 위해 지하 깊은 끓는 물로 방랑의 피
곤 한 방에 날려버릴 세상에서 가장 아름다운 온천 초
대하면 원님 덕분에 나팔 붑니다. 특별히 수원에서 공
수한 한우 갈비 자글자글 콧구멍 벌룽벌룽 눈구멍 씰
룩씰룩 입구멍 미어져라. 똥구멍도 터져 나가게 시원
한 냉면 잘 익은 맥주에 소주잔 빠졌다고 낄끼리 낄낄
거리면 돈 누가 내냐 먹고 튀냐 눈치 안 보고 코 비틀어
지게 대접하고 싶은 겨울입니다.

냄새도 그렇고 하룻밤 같은 겨울 푹 담그시라고 장사
가 좀 안 되는 동네 목욕탕 빌렸습니다. 이 씨불놈은
뭔 놈의 옷을 이렇게 껴입은겨. 그려유. 대가리에 빵모
자는 왜 두 개나 쓰고 다녀. 그려유. 녹슨 쌍칼 장 씨에

게 하나 줘. 그려유. 웜마 양말이 몇 켤레여. 그려유. 지랄 말어. 그저 나이 들문 온 삭신 이루 바람 들어오는 벱이여. 그려유. 아니 말 끝마다 그려유가 뭐냐고. 그려유.

벗어도 벗어도 끝이 없고 아조 지랄이 총천연색 시네마 스코트여. 다큐멘터리 찍어라 찍어. 냄새 억수로 쩌버린 파카 벗으니 작년에 받은 검은색 오버 나타났고 그것 벗자 얇은 잠바 이것 벗기니 가디건. 야 팔봉이 대갈통 좀 숙여 안 빠진다. 두툼한 사계절 스웨터 벗기자 셔츠 웜마 징하다잉. 아랫도리 순서 이하동문이여.

요것은 일절이고 약 칠십 명 노숙 선생님들 정말 썩어문드러지는 니기미 환장하는 냄새 목욕탕에 뺐습니다. 계산한다고 주인장 뵈니 얼굴에 구린내 범벅 끈적끈적 아니 이게 뭐냐고. 사흘 지나도 냄새 미쳐 샤워해도 때 빠지질 않으니 장사 어떻게 하냐고. 오래전 일이며 구수레 한 냄새 그립습니다.

노숙판 만 그럴까요? 술밥으로 걸러낸 술 대취할 수 있으며 투박한 산나물 주린 배 채울 수 있는데 저녁에 딱 한잔 비릿한 냄새. 깊은 산골 뒷방 다실. 철벽 수비 높은 구중궁궐 담장 너머. 야릇한 등불 아래 잠자리 날개 소곤소곤. 촉촉한 눈빛 치명적인 향. 하늘과 땅 바다 징그러운 냄새 가득합니다.

슈퍼 문

상어의 공격으로 지느러미 아가미 떨어져 나가도 미친
듯 본능을 발산합니다. 알과 정액 먹으려는 물고기 때
문에 시야가 가려지며 경쟁자의 방해에도 암컷에게 가
장 가까이 갈 자격 쟁취한 수컷입니다. 단 몇 초도 걸리
지 않은 배출 최대한 오래 암컷 몸에 밀착시켜 자신의
유전자 남기고 싶은 것입니다.

음력 1월이면 추울 만도 한데 겨울옷이 잘 팔리지 않아
사람들 앙상한 은행나무처럼 고개 떨굽니다. 필요한
행동만 하고 표정 읽을 필요도 없이 묻지도 않으며 스
쳐 지나갑니다. 옷의 깃 올리고 어두운 길 가로등 모퉁
이 돌아가면 사료 가득한 개 줄로 묶여있어 컹컹 짖습
니다.

어둠과 추위 길고 긴 밤 세상 곳곳 번득이는 눈동자 섬
과 섬 사이 긴 해안선 바다 밑 계곡 휘황찬란한 달이
뜹니다. 1년을 오늘만 기다렸던 수 만 만의 거대한 고
기떼 사람들 광기와 탐욕의 전쟁 전혀 관심도 없으며
아랑곳하지 않을 때 온 세상 가득 슈퍼 문은 합방 수줍
어하는지 모르겠습니다.

아무것도 입지 않아 부드러운 물의 살결 바다와 파도
천천히 출렁거리면 느리고 힘차 강렬하게 부딪쳐 물살
에서 갈라져 나온 물결 서로 때려 밑에서 올라오거나
옆으로 돌아가려는 물의 기둥 뒤 흔들어 치솟아 올라
다시금 내리꽂는 물거품 오던 파도가 바다에 덮치며
산산조각 한 몸 되어 휘돌더니 산과 바다 뒤집어질 듯
온몸으로 암수는 장엄한 산란을 합니다.

거센 조류가 새끼를 퍼뜨리기 전 허기진 상어들 피해
번식기 맞은 꼬리 큰 점 다금바리 암컷의 알 위로 억겁
의 정자 사정합니다. 홀로 지내던 수컷들 보상받는 순
간입니다.

추석과 설날 어느 곳에도 갈 수 없는 전쟁에 지친 방랑
객. 비극적인 수원역 집창촌 만월 떠오르고 산사 범종
소리 가득하면 월광입니다. 푸른빛 스며드는 바다의
칠흑 어둠 밝히며 동이 트는 순간 파도 노랫소리 스스
로 고요합니다.

자화상

티베트 고원 끝날 것 같지 않은 초원 지나 아스라이 히
말라야 연봉 줄지어 있으며 분노한 신들의 안식처 하
늘과 맞닿은 푸른 호수 깊어 고요한 눈동자 금요일 밤
말쑥하여 망설이다가 별 하나의 집 작거나 큰 산맥처
럼 네팔 인도 파키스탄 노동자 나그네 가슴 보듬어주
는 바람의 고원 야생화 그리운 산과 들판 보고 싶었나
봅니다.

광교산 나무 겨울 달래려고 고물고물 달린 감 뚝 가슴
에 안기는 수원역 뒷골목 구불구불 바람 불어 지나온
시간 비틀대듯 세 갈래로 내려오며 숨죽여도 주차장
건너편 나무 두 그루 멀리서 길고 긴 밤 뒤 돌아보고
뒤돌아보아도 우리는 모두가 방랑객일 뿐입니다.

오는 시간이 얼마나 걸렸는지 먼지처럼 살아온 고단함
바람은 알고 있을 자주 꺾인 골목길 묘한 웃음 조용조
용 낯선 냄새와 언어 볼에 살짝 왔다가 가는 뜻 모를
미소 지나가는 염소와 양 야크 눈망울 바라보며 빛나
는 몸짓 닮은 복장 비슷한 피부 색깔 가득 순간 위한
몸부림인지 추석 연휴 삼사일 설 명절 닷 세면 골목 안
쪽의 바람은 이미 순례자입니다.

싯다르타 달마 공자와 예수도 그렇게 태어났을까? 각
각의 죽음은 무엇을 말하는가요? 한 곳에 정착하면 모
든 것 가질 수 없듯이 단 한 사람 사랑할 수 없어 만인
의 애인이 되어버렸는지 겨울잠재우는 집창촌 창가 별
이 지면 지상에 남길 것 하나 없이 고통스러운 수도자
바람이었습니다.

달달한 그녀

서울 남대문시장 옆구리 돼지갈비 연탄구이 집은 알고
있다. 늦은 저녁 퇴근 앞당기면 올 것 같은 그녀 기다리
기란 쉽지 않다. 대설 오기 전 한파 속 발 동동 구르며
윗옷 귓불까지 뒤집어쓰고 오물오물 갈비 한입 예쁘다.
이크. 서울역에서 부산행 기차 타자마자 잠들더니 천
안에서 번쩍 깼다. 이번 주 금요일 손잡고 기차 올라타
목포에서 홍어 먹고 올라오자는 앙앙 탈탈 앙탈 앙탈
친구 지쳐버린 지상에 있으면 참 좋겠습니다.

그녀 수원역에서 만났다. 서기 2000년 떠돌던 여인 방
한 칸 없이 맴돌다가 지상에 없는 줄 알았던 안녕하세
요라는 말 처음처럼 듣는다.

고왔던 얼굴 어디 붙었는지 보증금 100만 원 월 7만 2천 원 원룸이 좋아 죽을 것 같단다. 중고 텔레비전 중고 냉장고 중고 가스 뜨거운 물 나온다고 싱글거리더니 먼지 쌓이듯 자주 고장 평생 중고로 산 날처럼 유방암 무서워 수술 거부한 10여 년 지나 온몸에 퍼져 버린 삶은 버겁다. 선생님들 힘들게만 하고 죽어야 하는디 죽어야 하는디 빨리 죽어야 하는디. 하시더니 좋아하시던 하얀 쌀 냄비 밥 문병 위로 한 번 제대로 받지 못하시고 외로움이 그리움 업고 혼자 돌아가셨습니다.

젊은 날 공장에서 돈 벌어 부모님 보살피고 동생들 키웠는데 알바도 할 수 없는 몸뚱이 단 돈 몇 푼에 몸을 판다. 동네 늙은 것들에게. 정신과 병원 기거하며 수급비 나오는 날 비싼 화장품 좋은 옷 한 벌 산다. 예뻐 죽겠다고 스스로 위로한다. 늙어 앓니 모두 없어도 하늘 콧대 높은 자존심 어떤 서비스 거부하고 속 썩이며 살다가 어디로 사라졌는지 아무도 모릅니다.

조선족 간병인들 먹고 자는 싸디 싸고 지린내 코에 박힌 요양병원 이 모양 저 꼴 참 더러운 돈입니다. 2000년 전 병들고 가난한 여인 손잡아 주던 임 그립지만 지금은 누가 야윈 손 잡아줄지 모르겠습니다. 앙앙 탈탈 받아주던 그님 어디갔누. 죽은 줄 알았던 할미 저승 갔다가 아직은 때가 아니니 젊어지는 약 먹고 가거라 하는 말 듣고 호호 깔깔대며 팔짱 끼고 목포 가서 홍어삼합 먹고 왔으면 좋을 애인 한 분 쓸쓸한 지상에 모셨으면 참 좋겠습니다.

올해 비전 세우기

연 매출 삼천억 잡았으니 열심히 해서 연말 보너스 두 둑이 받읍시다. 지구촌 중한 병 걸려 피 흘리는 것 보지 도 않으면서 비전 세우기에 바쁜 황금 돼지띠 굴뚝에 연기 잘 올라가게 생겼고 비정규직도 정규직 될 날 기 다리면 된답니다.

해마다 비전 세운 다지만 에이라 굴뚝에 올라가 밤낮 으로 칼바람 맞는 새끼들이나 내려오게 해라. 김진숙 선생 부산 영도다리 쳐다보던 날 엊그제인데 파인텍 노동자 홍기탁 박준호 올라간 지 422일 75m 굴뚝 위에 서 오늘부터 썩은 밥줄 동아줄 안 내리고 단식 농성합 니다. 미쳐 달리는 기차 나무와 땅의 검은 피 멈추고 이마에 소금기 땀 흘린 밥 먹고 싶지만 참 부끄러운 세 상입니다.

민초들 위해 생명 내어 놓았던 희생 거울삼아 정진의
계기로 삼아야 비전입니다. 병 오기 전 가로막는 것이
더욱 가치 있는 의원이며 무덤 속으로 들어가는 목숨
끌어내고 나무 한그루 풀 한 포기 사랑했던 불꽃으로
살다 가신 선배들 뒤 따라야 합니다.

새끼들 죽기 전에 업어 내려오고 가난하여 소박해도 넉넉한 밥상 웃음이 비전이지 공부 못하면 노숙자 된다고 피식피식 깔보며 비웃을 일이 아닙니다. 얼굴에 털 있는 짐승과 없는 인간은 부끄러움 차이입니다. 염치가 없으면 얼굴 붉어지는 것이지요. 태어나 귀한 품격 유지하고 수행해야 하건만 천한 짐승으로 떨어진다면 가슴 아픕니다. 가슴속 깊은 영성의 문을 열어 풍만하게 반복되는 핏빛 노을 비극에 저항하고 기필코 승리하며 창조적 대안 제시해야 된다는 첫새벽 차디찬 별 모셔야 비전인지 모르겠습니다.

제2부

사랑 그 쓸쓸함에 대하여
지독한 밥벌이

기다란 기다림

깊이 곪아 터져 나오는 전쟁 기근 전염병과 폭정 고달픈 백성 깊이 생각하고 없는 살림이라도 웃으며 서로 의지하게 살길 만들지 못하면 고통의 슬픔 한 보따리 선물입니다. 패병장이 천둥번개 기침하듯 흙과 모래바닥 파고 파면 마른 물 흐르던 강물 바다로 가고 싶다는 그리움입니다.

1kg에 80원 저녁별 샛별 하나씩 손수레에 담아야 하는데 터벅터벅 돌아갈 곳 없어 리어카에 별 덮고 자빠잡니다. 막막한 63세 앞니 하나 남은 어르신 취업센터 청소 일자리 얻어 이틀 나가신 늦은 오후 고맙다지만 치욕스럽게 살아야 하는 주름살 깊습니다.

그동안 일감 없어 두 달 치 여인숙비 50만 원 밀려 텔레비전 전기장판 고장 나 주인에게 말 못 하고 차디찬 여인숙 밤 깊어 몰래 들어가시면 납작 엎드린 초승달 길고양이 보름달 될 수 없나 봅니다.

지금 어디서 주무세요? 평생 월세 밀린 세월 어떻게 견디셨어요? 컥 고개 떨어지는 눈물 속 저의 마음 그렇게 알아주시나요. 긴급하게 회의하여 후원금 여인숙비 솥단지 말단지 냄비 라면 부르스타에 김치 쌀 10kg 슬픔 속이라고 달달한 사탕까지 흐아 흐아 살아있어 질기게 따라다니는 것 어떻게 하면 삶을 견딜 수 있지요?

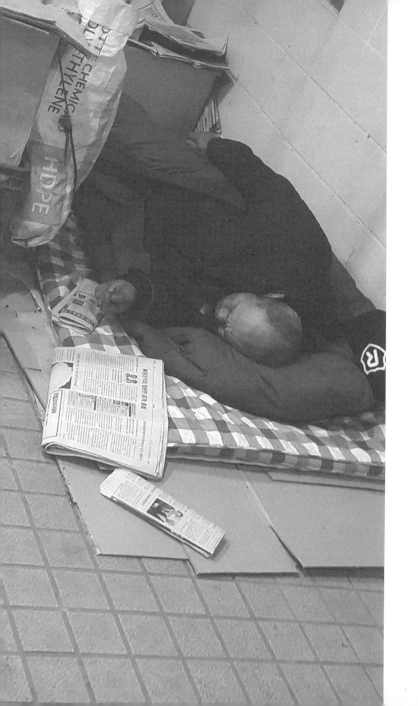

고시원

창문으로 슬며시 들어오는 달 방 오만 원 더 내야 하지
만 대지의 향긋 콧구멍 간지러운 문틈 민들레 홀씨 멀
리 있습니다. 컵 밥 안쓰러운 주인 늘 밥을 해 놓지만
묵은쌀 국도 날마다 배고픕니다. 여인숙과 동급인 눈
치 빠른 고시생 솥과 냄비 부르스타 살림 종종 애간장
달걀 넣은 밥 싱긋 눈가에 어른거립니다. 시설 게딱지
같은 곳 거의 25만 원 대도시는 마빡에 출입금지 붙였
습니다.

고향 농장 땅 팔아 가문의 영광 아니라 정의와 평등 검
사 포기하고 9급이라도 붙어야 하는데 한해 두 해 후방
병참기지 무엇에게 점령당했는지 늙어버린 고시생들
밀물 넘치다가 물 때 되면 빠집니다. 황량한 삶 뛰어넘
을 수 있다고 북적북적 1.5평 꿈입니다. 오고 갈 곳 없

는 청춘이라서 봄날 더욱 삭풍 불고 식탁에서 책상으로 꼬질꼬질 침대 위 이불과 벽지 왔다 간 냄새 구수합니다.

내 밥 벌게 취업이 돼야 되는데 잘 된 친구 보면 배가 아파 홀로 있는 시간 늘어납니다. 해방 이후 토지개혁으로 토지 귀족 해체했고 교육 통한 능력주의는 어느 정도 부와 소득 분배 경험이 우리에게 있습니다. 악의 뿌리인 돈의 전쟁만 일까요? 경쟁과 풍요의 삶에서 벗어나 자발적 가난 추구하면 안 되나요? 욕망보다 무서운 생존 뛰어넘어 새로운 유토피아의 꿈은 없을까요?

어렵던 시절 독서실에 비하면 좋아졌는지 몸뚱이 아직 막일 알바 야간 택배 퀵서비스 대리운전 술집 삐끼 리어카 장사 방값 대충 마련하지만 벽 틈으로 간신히 들어오는 수평선 석양이 사라지면 골목길 긴 그림자 터져버린 거미줄에 걸립니다. 보증금 있는 원룸으로 가야 하는데 수원역 부근 고시원 병들어 늙거나 젊은 우리 아들딸만 그럴까요? 산다는 것이 이 모양 저 꼴입니다.

긴 줄이 된 밥

밥은 하늘입니다. 하늘 혼자 못 가지듯 밥 사이좋게 나눠 먹어야 합니다. 지금 체면 구기지만 제가요 이리 보여도 전문대학은 나왔어요. 그러면 뭐가 아쉬워 노숙하냐고. 얼굴 잘 생겨 키도 커 성격 좋은데 어째 요 모양 저 꼴로 사냐고. 멋대로 술독에 빠져 세상이 어쩌라고 잘난 채 하더니 그 주둥아리 틀어지게 생겼습니다.

프리덤 알랑가 모르겠네요. 썩어 문드러질 놈아 정신 차려 역마살 걸려 그러지 뭔 자유여. 알코올에 빠져 헬렐레 지내고 오만방자 바른말하다가 죽통과 대갈통 날아가도 좋으니 늘 건강 잘 챙기세요. 동서남북 갈고 다니는 선생님들이 꼭 줄 서는 곳 있으니 끼니마다 밥숟가락 목구멍에 걸렸습니다.

아니 우리만 줄 서남요. 자기들끼리 뭉쳐 세금 많다고
탈퇴하더니 석유에 식량 광물 주식 적당한 값 매겨 몇
백 년 줄 세우고 이 시장 저 사업 몇 놈이 조작하니 썩
은 동아줄 잡으려 밤낮으로 콧구멍 바람 들어올 날 없
습니다. 의원 총장 회장 대장 병장 반장 팀장 줄이야
말할 것도 없이 하다못해 동네 주민자치위원장 잘 보
이려 지랄 맞지만 모두가 헛일입니다.

애플 구글 페이스북 아마존 우버 증권시장 플랫폼 기
술들은 자본주의 극한 독점 이윤 배 터지게 먹으며 고
급 정보 흘려 사람들 24시간 긴 줄 세우는데 자본주의
꽃들 사계절 규칙도 없이 무너집니다.

상갓집

진로한테 내가 졌다. 시골에서 술 그렇게 많이 드셔도
죽은 사람 만장 부탁하면 소주 한 번에 나발 불고 쓰셨
던 아버지. 돌아가시기 삼 일 전에 하셨던 말씀이란다.
하루에 소주 일곱 병드시고 사이사이 막걸리와 양주
맥주는 간식으로 드셨답니다. 진로 소주한테 질 만도
하셨습니다.

따박따박 세끼 맛나던 숟가락 놓아버린 친구 아버님.
하늘이 무너지면 술 서너 잔 머릿 고기 새우젓 먹어야
오만 원 본전 뽑습니다. 살아봐도 좋을 것 하나 없는
불투명한 결혼식 뷔페보다 외롭고 쓸쓸함 높아 아팠던
날들 위로하며 불 밝히는 상갓집 술 더 맛있습니다. 술
맛 떨어지게 건강 문제가 뒷골 때립니다.

형님은 핀 몇 개 박았소. 스탠드 두 개 심었지 허허 그래도 독주가 좋아. 저도 겨울에 한 번 쓰러졌고 회의 중에 심장 쇼크 잠자다 두 번 왔지요 조만간 봉투 나가게 생겼네. 동생 관리 못하면 어떻게 되는지 알지. 죽지도 못하고 살고 싶지도 않은 꼴 당하기 전에 잘 챙기든지 아니면 같이 뛰어내리자.

뭔 낙이 있을랍디요. 입맛 당길 때 모락모락 올라오는 하얀 쌀밥 육개장 한입 가득 씹어 돌리고 독한 디스 한 대 뽑아야지. 별세한 어르신 황량한 지상 지독한 밥벌이 고생 많이 하셨습니다. 잘 가셨다고 오래간만에 만난 놈 반갑다. 지랄 대며 한 잔 주고받아 잘 뒤지자 깔깔거립니다. 썩을 놈들.

고리 끊지도 못하고 재수 없어 다시 태어난다면 책임지지 못할 마누라 새끼 고생시키지 않으며 주린 배 채울 수 있는 소박한 노동 하면서 수도자의 삶 시퍼런 칼 위에 올려놓고 문득 뛰어내려 대자유인이 되어야 하겠

습니다. 동쪽으로 뻗은 나무 넘어져도 동쪽 향해 쓰러
지듯 죽을 때까지 무덤 속 커다란 두꺼비 입김 들이마
시면서 의식의 흐름 한 군데 집중 수행하다가 한 무제
원했던 신선의 세계에 가야 하겠습니다.

늦은 고백

안 잘려 어영부영 대강 철저 손바닥 빙글빙글 눈 돌아가
적당히 기름치고 성깔 부리면서 살았습니다. 혈압 당뇨
심장 간과 위장병 객사 사고사 안 당하고 버티며 몇 푼
노후자금도 있습니다. 똥 누다 혼자 웃지만 징글맞은 목
구멍 포도청 잘 넘겨 은퇴 얼마 안 남아 고백합니다.

집이 70채면 상위 1%이지요. 단기간 성과였으며 원룸
입니다. 다달이 들어오는 월세만 따져도 이런 부자 없
을 것입니다. 카아 카아 이 집 챙기며 유지 관리한다고
고생 좃 나게 했습니다. 물 들어올 때 노 젓고 떡 본
김에 제사 지낸다고 올해 사업 더욱 확장하여 약 50채
확보하면 모두 120채가 됩니다.

기회는 누가 주지 않고 스스로 만들어야 합니다. 노숙 선생님들 현장 눈 뒤집히게 쳐다보며 발품에 후미진 곳 이 잡듯 찾아 생각에 고민 더하고 대안 만들면 재미 있습니다. 은퇴 후 드러누울 방 한 칸 없지만 흐뭇합니다. 주택공사와 협약 맺어 방랑에서 인문학 마치고 노숙생활 때려치운 70명 선생님 생활하시는 집입니다.

선생님들 한 달에 100만 원 정도 벌 수 있는 직업이 있었으면 참 좋겠습니다. 그 돈 차곡차곡 아끼고 아껴 어릴 적 꿈이었던 높은 언덕 서너 달 쉴 수 있는 곳 선생님들과 여행 간 첫날 저녁 뱅글뱅글 꼴딱 넘어가는 포도주와 대왕문어 야성의 주문진 항구 깔깔거리는 모습 보고 싶습니다.

서둔동 가는 길

서울대학교 농업생명과학대학 창업지원센터로 변한 사실 농대교 빤히 바라보고 있습니다.

휴먼시티 수원 서호천 예나 지금 조용히 흐르고 벌터 옛길 걸었던 서둔동 가면 으흠 연구하고 교육했던 사람들 다 어디 갔을까? 이곳은 학생들의 교육 실습이 진행되는 곳이니 조심해서 천천히 운전하시고 학생들 안전에 주의해 주시기 바랍니다. 또한 교육과 연구에 방해되는 행동 삼가실 것을 부탁드리면 수북이 쌓인 낙엽 제 갈길 갔나 봅니다.

느티나무 위에 소나무 가시덤불 쉽게 올라타 찌그러져 눌려 울고 있는데 연구하고 공부하던 사람들 다 어디에 자빠져 추억만 생각 하누? 농업 수산업 임업 광업

모두 쪽쪽 로열티 빨리는데 땀 흘리고 생각 장했으면
뭐 했누?

가난한 백성 먹이고 살려야 하는데 귀한 종자 토종 씨
앗 돈 되는 것 쉬운 일인지 백성의 피 묻은 돈 듬뿍 당
장 배때기만 불러 터지게 생겼습니다. 농촌 어촌 벌판
이나 야산 팔도강산 벌어먹고 살 일 걱정입니다. 연구
소는 허물어져 개천 썩은 냄새 코를 풀고 앙상한 바람
만 부는데 허연 머리 날리며 연금 잘 받아 장학금 몇
푼 기부 존경 폼 잡아 때 되면 모여 혓바닥 끌끌 차며
니기미 씨발 사람이 없단다.

FRB 빠른 전파

자칭 강대국 군수산업 저주합니다. 밥 숟가락 놓을 때까지 밥벌이가 사람 죽이고 무기 만드는 일인데 이를 어쩔 것인가? 어떤 국가가 이 사업 포기한단 말인가? 땅과 하늘 우주로 뻗어가는 군수산업만 포기해도 지구촌 배 곯지 않고 행복하게 잘 살 수 있습니다. 1차 2차 세계대전 서로 얼굴이라도 보면서 어이 준비됐지 시작하자고 죽창 화살 총알 대포에 미사일로 죽였지만 적과 아군도 없이 죽어 나갑니다.

2000년 8월 12일 소련 붕괴 후 처음 훈련에서 쿠르스크함 어뢰 장착된 연료 문제로 수심 108m에 가라앉아 승조원 118명 전원 사망했다. 대서양 최대 잠 항심도 시험 중 스러셔 함은 조종 불가능으로 수심 2560m에 가라앉고 말았다. 승조원과 정비 요원 128명 숨졌으며

선체가 부서지는 굉음과 폭발음 미 해군 안전의 중요
성 강조하기 위해 사용된단다.

15억 광년 떨어진 은하에서 FRB 빠른 전파 폭발 캐나
다 천문학자 연구팀에게 지난여름부터 감지됐단다. 블
랙홀이나 초밀도 중성자별에서 왔을 것으로 생각하지
만 하버드-스미스 노니언 천체물리학센터 러브 교수는
믿을 수 없을 정도로 발전한 외계인의 기술 보여주는
증거일 수도 있단다.

2022년 백조자리 초신성 하나 폭발할 것이라는 천문학
뉴스 연구 결과 발표됐습니다. 우주 최대 드라마이며 늙
은 별의 임종으로 밤하늘 가장 밝은 별 탄생에 대우주는
무슨 말을 하고 싶은 걸까요? 우리 몸속 철 칼슘 마그네
슘 인 요오드 등은 별이 폭발할 때 만들어진 것이며 원소
구름이 우주를 떠돌다가 생명체 빚어낸다는 사실 기억
해야 합니다. 문명이 발달하면 할수록 몇 천 년 살아버린
늙은 장수 전장의 피비린내 허망하여 쪽배 하나 띄워 바
다로 갈 때 창창한 달빛만 유유히 벗이 되었다네.

지구별에서 할 수 있는 일이란 고작 고통과 회한 빨간 장미 바다에 던지는 것뿐입니다. 강제로 멈추며 포기할 수도 없는 거대한 슬픔 달래줄 머나먼 이웃의 생명체가 제발 빨리 도와주기 바라는 빠른 전파 보냅니다.

SKY 캐슬 1

젊어서 깨우쳤다는 스님 도대체 자살할 수도 할 것도 없는 늙은 도사가 되어 빈둥빈둥거린다지만 날마다 아갈머리 찢고 찢기는 세상입니다. 갯바위에 부딪치는 파도 피눈물이고 황토 흩날리는 먼지 백골의 울부짖음입니다. 출발선 앞당겨 졸린 눈 비빈다고 없는 돈 꼬라박아도 날아가는 놈 위에 붙어가는 놈 떨어뜨려야 사는 세상에서 죽을 때까지 불행한 삶을 살아야 합니다.

조선 500년 천천히 무너졌습니다. 탐관들 비릿한 텃세 휘말려 터벅터벅 귀양 가다가 사약받아 원샷했습니다. 전쟁 마치고 부산 통영으로 밀려났던 후손 황해도에서 섬 섬 섬 백령도 덕적도로 피난 나왔습니다. 고향 산천 금방 갈 것 같더니 지금까지 못 가고 뿌리박은 백성 스카이에서 멀어졌습니다.

세상 물정 모르고 속 창아지 없는 것들 돈 많은 부모 둔 것도 능력이라는데 염병하네. 독립군 잡아 족치다가 해방되어 지금도 돈과 명예 권력 한 아가리 독차지한다. 노른자 땅 차지한 스카이 캐슬 환장해 달콤한 것 유지 발전한다고 죽을 맛이다. 출세와 품위 대대손손 물려줘야 부질없는 것인 줄 왜 모를까마는 졸부와 불명예 욕망에 취해야 가문의 영광이란다. 그냥 그저 수백 년 답습한 것뿐이라지만 깊이 생각해 보면 그들도 불쌍합니다. 하지만 영혼까지 책임져야 할 가족의 목숨 갈기갈기 찢어놓아 가슴이 아픕니다.

어느 광야에서 삭풍과 함께 독립군 투신하여 친가 외가 할아버지 가난해 빈곤의 연속적인 고리 하나 씩 끊을 기회도 잡지 못한 아버지 못 배워 자식들 입에 풀칠하기 어렵더니 전철에 끼어 숨져 기계에 갈아져 나오며 길과 옥상 굴뚝 위에서 절망을 토해냅니다. 출발선 뒤처져 3대 지나 노숙인이 되고 보니 손에 쥔 것은 정신병원 세끼 밥이요. 달 방 여인숙 쪽방촌 기초생활 보장 수급자 한 달에 50여 만 원입니다. 스카이 캐슬은

극락 천국이라는데 그런 것 부처님 하느님이 만들지 않았습니다.

날마다 불편해도 어리석고 모자라 보이는 땅의 백성들과 부서져 오랜 기다림 지쳐서 만신창이가 되어버렸습니다. 선물 받은 혈압은 기본 간 경화와 심장 당뇨 신장 망가져 일주일에 세 번 투석 검은 얼굴 티끌과 흙이 되어 허허 껄껄 웃고 있는 곳이 SKY 캐슬 인지 모르겠습니다.

SKY 캐슬 2

입주 과외 탐욕의 씨가 뿌린 저승사자. 안달 나서 SKY
캐슬 욕심 잘생긴 아들 족치고 어여쁜 딸 밀어붙인다.
판사 검사 변호사 의사 약사 가문의 영광 새끼들 손에
달렸단다. 가난했던 우리 힘 좀 주고 돈 명예 권력 평생
떵떵거리자. 아하 옛말입니데이. 사람이 먼저 돼야 하
는데. 사 짜만 돼라 하니 반 쪼가리 짐승 도중에 인간
포기하고 옥상에서 떨어져 골로 갑니다.

개천에서 용 나올 수 없어 계단 올라올라 떨어진 꽃잎 바
닥에 뼈와 살점 붉은 피 질퍽할 때 원혼 구천 떠돌다가
봄만 되면 진한 밤꽃 향 제대로 한 번 못 맡아보고 개나리
진달래 목련 온 천지 가득한 꽃길 부럽다며 시샘하다가
원통하고 분하여 밤마다 소쩍새 찢어지는 피의 어둠 울부
짖습니다. 한쪽 눈깔은 터졌고 다행히 눈알 한 개 대나무

에 걸려 똑바로 똑바로 우리들 보고 있습니다.

수많은 민란 지나 동학혁명 이후 잡것들 아직도 유효한지 투 짭 설거지에 노래방 가사 장애인 간병 애인 도우미 택배 야간 경비 빈털터리 못 벗어납니다. 간신히 고등학교 졸업하고 군대에 끌려간 아들에게 편지를 띄웁니다.

고단하게 육십 살고 보니 인생 별것 없더라. 직업에 귀천 없으며 그 돈이 저 돈 이더라. 세파에 휘둘려 다니다 보면 대가리 몸뚱이 터진다. 안전한 사회 아니라서 이 아비 슬픔 바다와 태산 피눈물 뿌리며 잠을 이룰 수 없지만 그대가 밥 벌어서 먹고 작은 생활비로 검소하게 동기들과 기쁨 누려 가난한 사람 도와주며 삶의 허망함 깨달아 문득 궁극의 세계 사모하다가 대자유인되어라.

마음속 깊이 있는 찬란한 빛 밝히거라. 독서와 명상 힘써 작은 일 실천하며 행복하거라. 종종 보고 싶었던 곳

여행 갈 것이며 맛난 맥주 한잔 놓여있는 석양 장엄한 탁자 위 잔 속에 출렁출렁 바다의 물결 산맥 줄기차게 달려가자고 달려오라고 갈망하거라.

부드러워 강한 억셈 배웠던 땅의 사람들 오고 가며 떠 있는 별들에게 말 걸 거라. 가난한 노파 모든 재산 털어 바친 한 개의 등 계속 불이 켜져 있던 정성처럼 하늘과 땅 바라보고 부끄러움 조금 있어도 조각하늘 열어 창 틈으로 시와 음악 한 편 모시면 태어나 죄송한 것 우주 에 단 하나도 없단다.

신 인간관계론 1

노숙인 인문학 선착순 연말에 집 한 채 생길 수도 있습니다. 인연 따라 만나 해마다 면접 후에 30명 선택과 집중 1년 과정 시서화 문사철 비슷한 문학 미술 역사 철학 여행 연극 음악 영화 놀이 문화탐방 심리치료 등 공부합니다. 소문이 전국적으로 퍼져 노숙 선생님 줄 세웁니다.

인문학이 몸에 습득되도록 유치원 아이들부터 했으면 합니다. 의식의 흐름 일정한 방향에 맞추고 눈 뜨고 잠을 자도 문득 풍경소리 영성적 깨우침 더하면 길 가다 넘어지고 자빠져 절벽 만나도 뛰어넘을 수 있는 깡다구와 현실을 실천적으로 변혁하고 자기 성찰 통해 타자와 산천초목 보듬을 수 있는 사람이 되게 말입니다. 바닥에 깨진 것 부둥켜안아야 밥값 하는 것이지요.

면접 떨어진 노숙인은 어떻게 하나요? 광활한 우주의 별 제 성질 못 이겨 폭발하고 그 먼지들 수억 겁 한 군데 모여 빛나는 별이 될 때까지도 기다려야 하는 것 아닌지요? 그런 귀한 관계 맺기 위해 참아야 하는 것 아닌가요? 그러면 집중과 선택받지 못한 것들은 뒤지라는 것인가요?

그런 말씀 하지 마시고요. 오늘 밤 친구하고 뜨거운 라면이나 드시지요. 지상에서는 타인과 관계 맺기란 하늘의 별 따기보다 어렵습니다. 생각해 보세요. 출가 후 수십 년 성불 성인 됐다지만 도반 만났다고 한 번에 눈구멍 돌아가고 불붙어 밥벌이 대책도 없으면서 절간 수도원 가출 할래 헬래 어흥 오흥 죽여줘도 석 달 열흘 지나면 죽은 자식 불알 만지는 것은 아닌지요?

신 인간관계론 2

잘 가세요. 저가 혼자 밥을 오래 먹고 그래서요. 그냥 이렇게 사는 것이 좋아요. 함께 시간 두고 관심사 만들거나 전화번호 명함 주고받고 싶지 않아요. 이렇게 잠깐 만나 계약만 하고 헤어지는 거지요.

특별한 것은 없어야 좋잖아요. 동창생 만나 과거 미래에 얽매이고 싶지는 않네요. 수년 전 그대는 그때 당신이고 정보와 자산에 매이지 않고 서로 삶의 스타일 바뀌어 오늘을 이해하고 싶지는 않군요.

후훗 저의 관심은 제가 하고 싶은 것 그리고 갖추어야 할 것들로 가득하거든요. 놔두세요. 종종 영화 한 편 보거나 클럽에서 혼 술에 춤추고 터벅터벅 걸어오지만 그렇게 비참하다는 생각 들지 않아요. 뭐 누구나 그렇

게 하잖아요. 아하 만나자고요. 저 혼자 있고 싶고 그대
와 어떤 관계도 맺고 싶지 않군요.

디지털 기술 새로운 착취와 약탈의 세계에서 파편화
된 각자는 타인과 관계 맺기가 힘들다. 국가는 공룡
알 플랫폼 기술을 자본에서 분리시켜 공적 자산으로

공익 위해 통제하며 기술에서 도태된 백성 보살펴야
합니다.

생각하며 언어를 가지고 군집 이뤄 사회생활한다지만
성가시다고 포기한 하루살이 만족하며 즐거웠어요.
자신과 타자의 운명이 우리 안에서 만들어져 간다는
사실 생각하기 싫고 나와 무슨 관계가 있느냐며 결국
스스로 갇힌 방에서 벗어날 수가 없습니다. 산전수전
공중전 다 꺾은 도인들이 구멍 난 뗏목 타고 강 건너
갑니다.

신 인간관계론 3

친구를 위해 위병소에서 면회 신청서 작성 중인 그 임은 이름 주소 전화번호 지나 관계란에서 망설입니다. 주 3회 적었는데 안내 군인 하는 말 아니 거시기 이거 말고요. 뇌의 화학물질 분비가 아닌 모세혈관 확장 얼굴 붉어진 주말부부 월 1회 수정한다.

축 처지고 반복적인 행동 현대인은 자동적 복종 25시간에 디지털 미디어 정보 언어 대충 따라서 합니다. 야성에서 오는 힘 잃어버려 자신과 타자가 속한 대 우주를 생각할 겨를이 없습니다.

정신 병원에 계신 분들이나 적지 않은 우리 노숙 선생님들 정신과 약 먹고 밖으로 나오면 마땅한 거주지가 없어 병원에서 오랜 세월 눈칫밥 먹어야 합니다. 혼자

살수도 희망 없는 광야에서 누구하고 관계 맺기가 어려워 그냥저냥 죽을 때까지 정신병원 환자들하고만 지냅니다. 스스로 버림받아 죽을 곳에 왔으면 한 생각 크게 가져야 하는데 약 기운 때문인지 그게 안 되나 봅니다. 사회복지는 개인이나 가정에서 해결하지 못하는 일을 제도적으로 섬세하게 보강하여 사회의 최약자 보호해야 국가입니다.

허기진 창자 속이고 소박한 밥 한 그릇에 어른거리는 가난한 백성 깊은 생각 천하 걱정하는 술 몇 잔 주고받으면 됩니다. 예로부터 빼어난 경관 수백 가지 음식 몇 날 며칠 잘 익은 술과 안주 가무 즐기고 속에 있는 것 까발려야 인간관계가 형성된다는 거대한 병동이 되어버린 황량한 지구별에서 그대는 누구와 어떤 관계를 맺고 있는지요.

제3부
• • •

부에나 비스타 소셜 클럽

지상은 살처분

함께 취해요

길 위에서 취해 있어요. 술 취한 사람 혹시나 횡설수설 어영부영 빗나가며 주먹 휘두르면 온몸으로 살려달라는 것이려니. 괜히 고함지르고 버스와 덤프트럭 앞에 버텨 기사님 애간장 녹이던 시절 폭력만 나오지 않는다면 꼭 안아주세요.

아득한 석기시대 주술사들 영적인 세계와 관계 맺기 위해 술을 마셨다지만 예나 지금이나 알코올 중독자 치유 못 받아 내면의 깊은 상처 때문에 아픈 것입니다. 로마시대나 해적질 먹고살던 바이킹 술버릇 고약해 무너졌는지 모를 일입니다. 서부영화 술집 이런저런 이유가 있지만 자주 술값으로 시비가 붙습니다. 총 늦게 빼든 놈은 한 잔이 한 잔이 열 잔이 되고 열 잔이 여러 번씩 혀 꼬부라져 눈깔 돌아가 다리 풀린 만취 때문에 총 먼저 맞습니다.

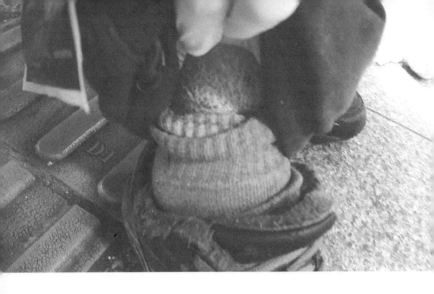

그래요. 그대 슬픈 마음 알고 있으니 이제 그만하시라
는 눈동자 세상에 법보다 더욱더 높은 울음도 있음을
기억해야 맛입니다. 어차피 하소연할 곳 그저 빈 소주
병에 힘을 줘 봐도 속 시원히 풀 수 없는 삶이려니. 우
리 함께 취해요 똑같이 허허 공간 떠 있는 태양과 달도
모든 것이었던 별 서로 바라보는 것입니다. 찬란한 햇
살 비 온 후 무지개처럼 삶에 취했던 그대 그동안 고생
많이 하셨습니다.

겐세이

고난도 당구 기술 중 하나로 견제 훼방 방해 뜻으로 잊혀 가는 외래어 쓰지 말아야 합니다. 문제 투성이 강대국 약소민족의 내정 훼방하거나 잘되고 있는 일 끼어들어 어렵게 만들고 자기 이익 도모하는 뜻으로도 사용합니다.

국회의원 질의 좀 순화해 달라고 요청하자 왜 겐세이 하느냐 항의에 어느 당에서는 300 이하 당구 큐 수직으로 찍어 치기 맛세이 삼가 달란다. 결핍된 백성 생각하는 선비정신 없고 당리당략 권력에만 눈과 주둥이 어둡습니다.

괜히 자기 인생 꼬이니 타인에게 간섭하지 말라 하지만 노숙 벗어나자고 임들에게 끝임 없이 끼어들기합니다. 어르신들 인생의 슬픔 한과 고통에서 오는 절망에 끼어들고 공짜로 주는 밥 속옷 겨울옷 신발 기본 그들의 가정사 과거사 인생 상담 지금 이 순간 가장 필요한 것을 위해 끊임없이 끼어듭니다.

초기상담 야간 액트 인문학 임시 주거 신용회복 취업 지원 매입임대 귀농 귀어촌 등 싸우며 저항하기 전에 대안 만들어놓고 노숙 탈출 프로그램 개발 자원 융합시키는 일 살아있어 누리는 즐거움이었습니다. 현재의 문제에 망연자실하거나 깨진 독에 물 붓기라고 여기는 순간 임들과는 헤어져야 하며 안 되는 일 없이 고통스럽게 노력하면 사람이 곧 하늘이었던 님 들이 도와주었습니다.

다이너마이트

심지 불 붙이기 전 더 무섭습니다. 응급환자 침대 쇼크
사 방지 맥박과 혈압 점검하고 심패 술 윙윙 사이렌 소
리 급박하게 응급실에 일단 도착하면 살릴 수 있을 것
입니다. 엑스레이 CT 찍어 정확한 환부 파악 후 마취에
수술하거나 시술로 응급 지대 벗어날 수가 있습니다.

삶의 갖가지 폭탄 짊어져 어둑어둑 웅성웅성 서너 명
배회하며 살기 띤 눈빛 바라보고 불만 가득 야릇한 빈
정거림 시비 걸면 무섭습니다. 막소주 취기 더하면 다
이너마이트 불 댕기기 일보 직전입니다. 컴컴한 무료
급식소 앞 안경 써야 한다. 인사를 왜 안 받아주냐고
아하 눈이 안 좋아요. 그러면 재미없단다. 조금만 건드
리면 주먹 이빨 으르렁대면 무섭다. 사무실에 휘발유
뿌리며 상담하다가 코뼈 부러뜨리고 큰 집 감방에 서

너 달 일이 년 다녀오면 되는 폭탄 널린 세상이다. 원시 시대 때부터 DNA 깊은 곳 해결 못한 상처 때문입니다.

중동과 제3세계 내전 누가 조종하는가? 끝날 길 없는 피의 복수전 밀입국자 범죄에 다시 이용당하며 생존 위해 가난 업고 생사 건 난민 언제쯤 멈출 수 있는지 슬픕니다. 파도에 밀려온 세 살짜리 시리아 아일린 쿠르디 지구 보듬고 죽더니 미국과 멕시코 국경 두 살 딸 발레리아 아빠의 목을 꼭 끌어안고 죽었습니다. 25세의 남편과 딸 급류 휩쓸려 성난 물결 벗어나자고 죽을 힘 다해도 끌려가는 애절한 현장 몸부림치며 보고 있던 엄마의 비극을 어떻게 할 것인가? 춘추전국시대 양쯔강 거센 물살 삼협 새끼 찾으려는 어미 원숭이 창자 토막토막 끊어진 죽엄 가득한 지상은 고흐의 별이 빛나는 밤 뭉크의 절규가 말하듯 살아가는 거대한 분노 어떻게 할 것인가요?

지구촌은 지금 인구보다 두 배 이상 먹을 식량 공급할 수 있지만 왜 매해 수백만의 사람 굶어 죽을까요? 지구

허파 아마존 밀림 파괴하고 참치 고래 상어 지느러미
미식가들 입에 달라붙어 핏물로 흐느끼는 바다 끝날
길 없는 미끼의 대열입니다. 말할 수 없는 거대한 슬픔.
세상은 터지기 직전 다이너마이트입니다. 날마다 죽을
때까지 하염없이 눈물만 흘릴 수는 없습니다.

여행

저는 결단코 여행을 가지 않습니다. 꽃들은 죽은 자의 영혼이며 나무는 원혼 묵묵히 바라보는 것이며 야트막한 야산 깊은 계곡 광활한 벌판 크거나 넓은 강과 바다와 하늘은 슬픔이 반복된다고 말하기 때문입니다. 역사 이래 슬픔 아닌 곳이 세상에 어디 있을까요? 사기에는 사마천과 같은 130여 명이나 되는 비극적인 인물이 나옵니다. 어제의 오늘과 내일은 학살의 현장입니다.

길은 끝날 수 없는 살육의 현장이며 포구는 잠시 증오의 멈춤. 오랜 성은 오를 수 없다고 울부짖고 있습니다. 모순은 사라지지 않고 오히려 깊어만 갑니다. 자칭 강대국 정책 바꾼다고 헛짓거리 뱅글뱅글 돌기만 했습니다. 코로나 19 이후는 전혀 다른 세계 질서 필요합니다. 세계를 장악했고 벗어날 수 없는 자본의 생산양식 발로 딛고 서서 새

로운 유토피아 상상해야 합니다. 재난지원금 한계가 있고 예로부터 정치가는 모든 것을 책임질 수가 없습니다. 원치 않는 실업 극복하여 자급자족 행복한 작은 공동체 만들 수 없을까요?

근 현대사가 저지른 한반도의 근원적인 슬픔과 비극 겹 겹이 쳐진 철조망 걷어내고 공존의 모색은 시대 사명입 니다. 생각 같아서는 남과 북 밀담으로 해결할 수 있지만 이놈 밉고 저놈 미워도 혼자 살 수 없는 것이 국제관계입니다. 역사 기억하여 주변국들과 연대하며 지혜로운 균형감각 유지해야 합니다. 특별히 비극적인 과거 되풀이 되지 않도록 일본의 평화헌법 유지되어야 합니다.

우리들은 서로에게 공포입니다. 물결 타듯이 한 바탕 놀다가야 하는데 눈곱만큼 변한 세상은 꽃 피지도 못하고 떨어졌습니다. 옹고집 피우지 말고 물이 흐르면 발 씻어야 하는 것처럼 변화 지혜롭게 가져야 할 것입니다.

생존은 미래가 없어 전쟁 중이며 희망은 사라지고 죽을 수도 없는 삶 감춰진 달콤한 유혹 가득합니다. 나무의 왕 자유스럽던 인디언 잊혀버려 어느 곳으로도 갈 수 없는 우리 모두는 난민입니다. 골목길 한순간 없어져 버린 것처럼 지상은 바다의 푸른 눈동자이지만 여행 통해 인류를 사랑한다는 황당한 것 고발하고 저항해야 합니다. 긴 여행 떠나신 그대 그동안 고생 많이 하셨습니다.

화성

대우주에서 희망을 말하는 것이 무슨 소용이 있어. 이
사람아. 화성 북쪽 엘리시움 평원에 두더지가 마침내
땅 속으로 들어간 것처럼 어르신들 가족 친지도 몸뚱
이 홀로 있기 힘들다고 못 본 척할 때 모래 바람 가득한
화성 갈 만합니다. 1년 이면 365일 한 달이면 30일 하루
는 24시간 1시간이면 60분 1분이면 60초 같은 인생 아
니냐. 김 선생 그렇지.

겨울 덤불 가득 공장의 황량한 모습 덤프트럭 굉음과
먼지 누워있거나 한쪽으로 쏠리고 이리저리 비틀대며
바닥에 깔려 있는 잡풀처럼 살다가 사막 중동 기술자
돈 좀 만졌지만 관리하는 집사람도 화성으로 가셨다는
데 허허 웃기만 하시고 한 달에 두어 번 맡겨놓은 용돈
달라는 익살 이쁘셨습니다.

김 선생. 사람들 희망을 말하지만 우주에 무슨 희망이 있어. 신기해. 끝날 길 없는 대우주 공간의 별 기둥도 설계도면 하나 없이 제 멋대로 있는 것이 부러울 뿐이야. 술도 있고 눈치 밥이지만 우글우글 같은 처지 노숙인 친구들 별입니다. 흩어졌다가 쉬운 용돈 벌이 오백 원 천 원 다녀오시면 언제 모였는지 추렴해서 막걸리 한 잔 하시다가 밤하늘 별이 되셨습니다.

형님. 이러지 마시고 조금 젊었을 때 화성에 들어가시지요. 화성 북반구 겨울 오고 먼지폭풍 계절 시작하기 전 지독한 병 걸리면 시설에서도 찬밥이고 조금 좋을 때 가시면 반장이라도 하면서 폼 잡다가 그냥저냥 지내시면 된다는 부탁에 그러지 뭐 바람 부는 날 화성에 가셨습니다.

복지 시설이 들어오면 집값 떨어져 학군 나빠진다고 장애인 등 시설 반대합니다. 황량한 별이지만 언젠가 가야 할 화성은 선생님 쉴 만한 곳 있어 다행입니다. 작고도 예쁜 푸른 별 지구 떠나 잘 살고 있을 선생님 곧 뵙겠습니다.

모자라서 속기도 하고

위아래 하얀 정장 백구두 모자 점잖은 말투 수려한 외모 지팡이 멋들어지게 짚으면서 사무실 한 번씩 오시더니 장황한 말씀 하셨지요. 나는 나이가 생각이 안 납니다. 그저 어릴 적 놀던 기억만 있답니다. 서울 강남에 살았는데 그 많은 뽕나무 빌딩으로 변할 때마다 가지 하나씩 꺾었더니 지금은 방 열 칸에 가득합니다. 가을이 되어 천도복숭아 먹으면 씨가 서울의 남산보다 높았습니다.

에이라. 쥑일 뻥쟁이 할배야.

수원역 부근 건물 좀 매입합시다. 곧 서울 부동산 물건 해결되니 노숙인들 병원도 짓고 장기적으로 그들이 살 수 있게 풍족하게 돌봐주시오. 허허 이것이 꿈이여 생시여. 척박한 법인이 도와줄 일 없고 경쟁업체는 치고 나가니 조금 늦으면 밥그릇 뺏기게 생겼는데 비빌 언덕 없던 시절이었다. 약 반년 이놈의 할배 시다바리 했지요.

실무자가 말려도 비싼 수원 시청 부근 고시원 모든 서비스 사비로 해 드렸습니다. 좋은 밥통에 쌀 때마다 나오는 과일 반찬 모자란 것 있으면 언제든 연락하시라고 휴대폰까지 사 드렸습니다. 조금씩 의심이 가더니 어느 날 서울 갔다 오셨다는데 시간상 앞뒤가 안 맞았습니다.

아 내가 모자랐구나. 무섭더군요. 핸드폰 사무실에 팽개치고 수원역에서 한바탕 저랑 붙었지요. 속여도 그러면 안 된다고. 후일 무단횡단 사고로 별세하셨다는 소식 들었습니다. 분노한 신들 피눈물 나게 하면 피 봅니다.

광교산에 올라

오호라. 동해 터 오르는 붉은 해 바라보니 뭇 생명 고운 기운 받아 살아야 한다. 산하 장엄하게 물들며 말하듯 거친 삶 만만치 않아도 오늘 하루 수고했다는 부드러움 오시는구나. 사람들아 사람들아. 새해 되어 산과 바다로 소원 빌러 가거들랑 이 땅에 단 한 사람이라도 불행한 사람 없고 억울하게 죽은 사람 없게 기도해 주십시오.

하나둘 반짝이며 말하는 별 수 억겁 빛으로 오시며 저 먼 곳 수억 억의 군락 이루는 별이었답니다. 까마득히 은하수 멀어도 나 여기 있었다고 그리운 그대에게 연을 띄우고 있답니다.

사람들아 사람들아. 맛있는 음식 좋은 곳 구경 행복한
가정생활하다가 혹시 실수로 했다는 핑계 바람피울 수
도 있으니 단 한 사람 준비 없이 갑작스러운 죽음 없게

100   수원 방랑

빌어 주시며 배냇병신 놀림당해 억울하여 고통당하는 사람 툴툴 털어 하늘 보고 허허 웃게 빌어주십시오.

사람들아 사람들아 허망한 것 사로잡혀 온갖 것에 얽매 고생길 맹렬히 퇴각하여 깊은 영성 향한 매 시각 청정한 수행 들어가자고 행동하십시오.

사람들아 사람들아. 역사의 뒤안길 상처 깊어 가난한 곳 뜬 눈으로 새우잠 잤던 사람들 도시의 야산 우비 한 장 달랑 텐트 사계절 보내며 허기진 창자 한 끼 밥 소리 허겁지겁 깜짝 놀라 터벅터벅 무료 급식소 옮기고 종일 쉴 장소 찾아 부스러지는 몸과 마음 비틀비틀 해 질 녘 눈가에 비친 아픔 다시는 단 한 사람도 없게 다시는 그런 사람 없게 실천하십시오.

기나마 기남아 김개남아

기나마 네 4살짜리 아들 입양 보내자. 네가 꿈꾸던 개
남국으로 말이여. 아이고 그 자식 아직도 보육원에 있소
올해까지 애기 안 데려가면 자동으로 입양 절차 들어간
다고요. 그려 맞다. 하지만 생각해 봐라. 네가 새끼 데리
고 살면 노래방 도우미 도망간 네 색시가 돌아오냐. 그리
고 기나마 네가 방 한 칸도 없고 직업이 있냐 뭐가 있냐.

덜렁덜렁 소불알 같은 것 두 쪽만 가지고 어떻게 살 거
냐. 막노동이나 야간 택배 나가면 새끼야 어린이집에
보낸다지만 밤에는 어떻게 하냐. 기분 나쁘게 듣지 마
라. 새끼도 노숙자 만들 거냐. 그리고 술 먹어 이리저리
갈고 다닐 텐데 어떻게 크냐. 초 중 고등학교 네가 키울
자신이 있는 거냐.

안다. 네 자식 키우고 싶으며 사탕 호떡 사주고 김밥에 놀이동산 가고 싶은 거. 못 받은 정 주고 싶은 마음 내가 모르는 것이 아니다. 그런데 생각해 보면 네 새끼 고생길 환히 보이지 않냐. 없는 것들 누가 책임져주냐 배우길 잘했냐. 부모 형제 똥구멍 뻘가 기는 매한가지 아니냐. 태권도 학원에 피아노 다 돈이여. 적은 수입으로 고것이 감당이나 되냐 말이다.

입양 보낸다고 죽을 곳에 가는 것도 아니다. 좀 넉넉한 놈들이 키우면 어떠냐. 나중에 만날 수도 있는 거 아니냐. 아들 볼 욕심으로 너도 정신 차리며 멋들어지게 살아 훗날 준비하자 응. 기남아 내 생각이 그렇다는 거다. 사나흘 깊이 고민하고 다시 한번 만나자.

수원역 떠돌다 같은 처지 색시 만나 며칠 알콩달콩 동학혁명 불꽃같은 삶을 살다 가신 김개남 식구들 헤어지게 생겨버린 대한민국을 우리는 조국이라 부르는데 아직도 전 씨 파렴치한 거짓말쟁이라는 표현은 문학적 표현이라고 주장한다. 느그들 아무리 그래 봐라. 빛고을 광주의 샘물이 마를 줄 아느냐.

부부의 세계

짧은 순간 말하듯 가득한 숲 냄새 나뭇잎 팔랑거리다가 떨어지며 움찔 벌레 등에 닿는 소리 놀란 처음처럼 쌓인 낙엽 사이로 안개 그냥 그냥 들어가며 느린 꿈틀거리다가 변하는 색깔 사이사이 빛 휩싸인 나무들 서성서성 숲의 정령 어루만지면 우수수 떨어지는 모습 보고 있을 밑동 굵은 뿌리의 침묵 위해 기도하게 하소서.

바다의 숲 어린 물고기 유영 아가미 일정한 움직임 여린 파장 색상 변하다가 전혀 다른 물의 살결 아무 일 없듯 해초 살랑 비틀대며 빛이 오신 향연 크거나 힘센 물고기 제 잘난 멋 튕겨 오르는 물결 하늘의 구름 들을 수 있고 감촉 만지며 사라져 버렸다지만 그대 향기 숨소리 짧은 날 위해 기도하게 하소서.

늦은 저녁 부드러워 천천히 충만할 때 어떻게 할 수 없어 주머니에 고운 두 손 넣고 눈 감아도 잔향 잃어버리기 싫어 막 한 걸음 뒤돌아 설 때 스쳐 얼굴 어루만지는 바람에게 기도하게 하소서.

떠나면 낯선 도시 터벅터벅 무작정 어느 긴 여행길 모퉁이 산마루 조용히 차곡차곡 쌓여 함박눈 가지런한 나무들 내리는 눈 보고 있는 능선의 쓸쓸함 망설이던 바람 느끼고 싶어 긴 그림자 늘어뜨리면 외로움 하나 어이할 수 없고 따사한 두 손 잡을 수 없어 노을 떨리는 범종소리 산사에만 가득했을까요? 단 하루 살아버린 그대 아픔 위해 기도하게 하소서.

광활한 대우주 오리온성좌 매일매일 생겨 부글부글 끓고 엉겨 붙었다가 떨어지고 만질 수 없지만 공허한 곳 찬란함 느낄 수 있는 광대한 탄생 오고 가는 파장 황량한 지구별 작은 포구 여리게 들어오시며 출렁출렁 물결 말하고 있는 고요함 위해 기도하게 하소서.

어둠 속이라 슬픔 볼 수 없는 이곳 늘 구부정한 모습 높이 떠 있는 그대의 별에게 손짓하며 순간의 여행 다시금 미소 짓다가 사라졌다고 별로 있을 거라는 눈동자 흔들흔들 그대 우뚝 서 있는 그리움 위해 기도하게 하소서.

마취 시대

전설적인 화타 이후 고통 없이 수술할 수 있으며 마취
제 물질 주둥이 집어넣은 쥐처럼 모든 것에 관심 없고
성격이나 마음 다스린다고 정신질환 치료제 개발했지
만 마약 성분 무의식 상태 노동자 숙면 위해 술과 섞어
먹었다. 주체할 수 없는 밤의 흥분 집단적 행동 묶어버
리고 스트레스에 빠진 노동자 최상의 노동력 나이트클
럽 만들더니 환상적인 것이라며 늘 대박을 터트린다.

소녀 시대 걸 그룹 방탄소년단 세상의 슬픔 고통 마취
시키면 집중치료실 새벽과 밤 들어오고 나가는 수술실
언제나 이불 속입니다. 3S 정책 진화해도 지금은 갈등
과 경쟁 비극 넘어 분배와 연대 생존의 시대입니다.

빈민사목을 경험해 본 결과 사회복지는 근대 산업혁명 이후 모순된 대량해고와 군비경쟁 실직 원치 않는 실업 인간성과 자원의 착취 끝날 길 없는 환경파괴로 인한 심각한 기후변화 극복하지 못한다면 자본의 똥 걸레 평생 빨아야 합니다. 손 쓸 수 없는 극단적이며 지속

적인 5대양 6대주 환경오염은 지금 당장과 다음 세대
에게 커다란 재앙입니다.

새로운 기술 장착한 상위 1% 부자들 악랄한 착취 약탈
로 노동자의 피 가득한 창고문 활짝 열어 공공의 선을
위한 책무 더해야 하며 일반 백성은 사회의 최약자를
위해 더 많은 세금 내야 합니다. 특별히 실업 극복하여

가난한 백성 자기 밥은 자기가 벌어서 먹으며 안전하고 즐겁게 살아갈 수 있게 창조적인 상상력 발동하여 대안 찾고 신속히 실천해야 합니다.

지상 곳곳 멈출 수 없는 피의 강. 살과 장기 뼈와 물로 구성된 물질 덩어리들. 영혼 없는 대중에서 수술대 마취 박차고 일어나야 합니다. 뒤 돌아 가슴속 맺힌 한이 가득하고 하늘 보고 부끄러움 없는 사람 그 누군가요? 영성적인 인간임을 각성하여 일념 지혜의 바다에서 벌판 뛰어넘어 광장으로 대기권 지나 수억만 만 개의 은하계로 광기와 흥분 발산하며 높고 빛나 별에서 왔다가 다시 별이 될 것이라고 떨리는 그대 광야에서 연 날리는 당신입니다.

수원 방랑 1

수원에 오시면 화성 성곽은 방랑 중인 그대 안아줄 것입니다. 박물관 정년 퇴임하시고 술 드시면 그 나이 되도록 형수님한테 혼날까 봐 워워워 워워워~ 워워워워워워~ 스스로 달래는 달호 형님. 기름 장사하면서 부인 돈 버는 것 뺑 뜯어 통일 운동하는 주호 대표. 돈 안 되는 연극 한다며 62살 넘어 췌장암 훌쩍 가버린 김 단장님. 정 원장. 장한 그림 팔리지 않아 펑퍼지게 개똥 묻고 가난한 냄새 폴폴폴폴 풍기는 화가님. 영혼도 아름다우신 시인들. 운동한다고 도망 다녔던 승회. 보고프니 그립다고 지나가는 사람들 1. 2. 3. 사람이 반가운 수원에 가면 술 동무에게 잡혀 거반 죽었다고 봐야 합니다.

소 시장 오다가다 비비던 사람들 살기 좋은 동네지요.
통으로 나오는 명태찜. 낙지 탕탕이. 원조수원갈비. 파
절이에 골뱅이 무침. 바글바글 통닭 거리. 서민들 호주
머니 가벼운 국밥집 무진장. 누님의 막걸리 집. 천 조각
하나로 나무 밑동 한 개 사람이 하늘이라고 보듬는 하
하 추억 살아가는 힘입니다. 로데오거리 베트남 디엔
비엔푸 전투의 쌀국수. 온갖 기억이 담기고 녹인 네팔
파키스탄 인도 음식. 향긋한 수제 맥주는 여독을 풀어
줄 것입니다.

국밥집이 몰려있는 수원역 8번 출구 왼쪽 일미 식당
찾으면 삶처럼 길지 않아 그런지 골목길 짧습니다. 등
짐 오래전 인부들 주절주절 수군수군 시간 거슬러 올
라 뱅글뱅글 달달한 술맛 내일이면 대가리 흔들어 새
로운 창조의 숲에 있다는 소리 들릴 것입니다.

잘 익힌 수육 한 접시와 막걸리 두 어병 청양고추 얼얼
함 서해안에서 올라온 새우젓 그대가 바다에서 왔음을
상기시킬 것입니다. 벗이 있고 다락방으로 올라가 드

신다면 여행의 즐거움 두 배가 될 것입니다. 동굴의 추
억과 함께 잊어버렸던 생기 찾아주며 DNA 방랑 그리
움 한 잔 꺾고 창밖 고개 돌리는 당신에게 빛나는 별
빙긋 웃습니다.

길지 않은 순례 길 여기까지 오신 그대 머리 조심히 숙
이는 삶처럼 2층 다락방 올라가는 계단 가파르고 좁기
때문입니다. 저녁노을 들어오신 황금의 술잔 고운 입
술에 닿는 순간 붉게 물들이는 범종소리 가득합니다.

수원 방랑 2

사람이 반갑습니다. 수원에 오시면 새터민 열망 고통 숨 가쁨과 희망의 끈은 절망 숨겼습니다. 대륙 기질과 한민족 품어 눈 발 휘날리는 광야 화살처럼 호랑이와 곰 쫓으며 어울렸을 쌍칼과 도낏자루 조선족. 탈북민 가슴 아픈 사연들. 밥 한술 뜨자고 먼 곳 가까운 듯 훌쩍 오셔서 터 잡고 고향 그리워 위로하는 따사한 등불 하나 밝혀 주십시오.

북쪽 찬 바람 피해 두만강 넘고 죽음과 죽엄 사이 건넜던 동포들. 시베리아 만주 벌판 살길 어느 곳 있겠거니 독립운동하시다가 이름도 남김없이 혼백은 동토 떠나 고국산천 맴돌고 뼈 이름 모를 산하 묻혔던 후예들. 이웃 일가친지 배고픈 아픔 보고 왔던. 없던 곳 선 그어 철조망 쳐놓은 이 나라 저 국경 차가운 겨울 강 손잡아

건넌 백성. 조국의 산하 굽이굽이 열망. 무엇을 찾아야 하건만 보이지 않아도 내일의 희망 품었던. 생각하실 겁니다.

고향에는 원숭이 앞세우고 서커스 나팔 불며 무좀약 만병통치약 목청 외치던 냄새. 고무신 벗겨지며 달리던 어린것 공터 먹거리 볼거리 넘쳐나던 시절. 새터민은 도시에서 밀리고 밀려 터 잡은 것과 똑같습니다. 이쁘다 양장점. 달구나 빵집. 달려라 삼천리 자전거. 통일 보일러. 기름장사 어물 장사 엿장수. 땀 흘려 빛나던 풍경소리 향 묻어 반갑습니다.

애경백화점 뒤편 새로 생긴 롯데 백화점 지나면 후줄근한 동네 곧 철거가 되겠지요. 겨울 창공 벌판을 날아오르는 연 한번 마음껏 날리지 못하고 떠돕니다. 그리운 산하 편지 한 장 띄우며 보고 싶다고 먼저 가버린 벗들에게 소식 묶은 정 보내지 못하여 다시금 떠나는 신세가 되었습니다. 춥지도 않은 대설 지나 연 날리지 않고 함박눈 내리지 않아서 그런지 당나귀는 울지 않습니다.

후박나무 향 그윽한 성공회 수원교회 황 선생님 오르간 긴긴 겨울밤 깊은데 잠은 오지 않고 아스라이 바라보는 별빛 지난 시간 말하는 듯합니다.

수원 방랑 3

정조 대왕 수원에서 무엇을 꿈꾸었을까? 팔달산에서
바라보는 평야 한 나라의 도읍 정하기로는 굽이치며
험준한 산과 높거나 넓은 벌판 별로 없어 작은 지형이
지만 아기자기 정조의 다정다감한 마음일 것입니다.

풍부한 물산이 아랫녘에서 올라오고 한양 올라가는 길
목 수원은 정 붙이고 살만 합니다. 옛 법원이 있던 길
조선의 소식 전국에 알리던 파발마 달리던 소식 흙길
에 나부끼기도 했었지요. 일제 강점 때 독립운동 거친
숨결 일제 순사들에게 피 흘리며 저항했던 후손들 아
직도 눈떠 있습니다.

조선을 다시금 세우고 싶었던 수원 곳곳 웃거나 울던
가슴 아픈 민중의 숨소리 들립니다. 꽃 향 가득하여 뒷

짐 지며 쉬어가도 좋을 날 달에게 술 한 잔 얼큰히 먹이고 수원 화성 돌면 눈에 띄는 자태 마음 설렙니다. 방화수류정입니다. 살림 넉넉한 큰집 며느리 새색시처럼 어여쁜 머리 꽃 장식 분홍색 저고리 남색 치마 먼 곳 바라보며 앉아있으면 동네 아낙들과 아이들 모여 맛난 것 나누며 살림 걱정 서방인지 남방인지 수근 깔깔 다 정도 흐르는 물소리 되어 정겹습니다. 그 모습 보고 있을 저 멀리 2층 누각 연모의 정 먼발치 방화수류정 고운 지분 향에 취한 달 비틀대는 그림자인지 모르겠습니다.

그뿐이 아닙니다. 수원 화성 돌 하나 둘 포갠 것 깊이 보면 수많은 생각 듭니다. 석수장이 정으로 무엇을 그리 다듬었을까요? 뉘엿뉘엿 석양과 함께 화성 걷다 보면 차곡차곡 쌓은 성벽 돌마다 가지가지 사연 높고도 투박합니다.

이 돌 하나 다듬어 하룻밤 잠자리 먹을 것 나오겠다는. 손과 발 헝겊 동여매 망치 굳세게 내리쳤던. 가만가만

새긴 술 덜 깬 이리저리 비틀 자국. 간밤 마누라와 싸워 투덕 투덕 비 오듯 턱턱 한 모습. 제 성깔머리 못 이겨 깊게 파인 투박한 상처. 아비 대신 정 잡아 촘촘 촘촘 다닥다닥 살아야 한다는. 동전 그러모아 추렴한 막걸리 허헛 턱수염 슬쩍 파인. 젊었다고 시원스레 단정한 돌. 오랜 노역 주름살 어수룩 문지른 흔적. 오입쟁이 흐훗 달려갈 힐끗힐끗 어긋난 구멍. 먹여 살릴 식구 많아 허연 머리 질끈 동여맨. 늙도록 살아야 한다는 돌 쪼아 밥 자주 흘린. 돌쟁이 눈썰미 꽉 찬 성벽. 웃음기 가득가득 깨질 수 없다고 오늘을 말하는 성벽 쌓았더 군요. 젊거나 늙은 돌에 깔려 물든 핏빛 창연할 때 지상 모든 영광은 민중이 땀 흘린 자국입니다.

제4부

발레리 게르기에프에게

그리운 햇살

단비의 설 선물

동아리방 선배 자취방 독서실 여인숙 고시원 컵라면 쪼가리 밥 도망 다녔던 젊은 날. 이놈 저곳 안기부 보안사 똥파리까지 눈초리 피해 한 보따리 귀하신 몸 안아준다고 반찬 배달 성공한 기쁨. 사랑도 명예도 이름도 남김없이 받는 애인보다 컸던 그녀다.

슬픔 달래라고 달래장. 튼튼한 심장 땅콩 자반. 물 좋은 곳 도망치다가 막히면 일망무제 바다 되라는 멸치볶음. 전 없으면 섭섭한 설이라고 동그랑땡. 짭조름한 조개젓갈 무침. 달걀 너무 커 그대 목에 걸린다나 메추리 알 귀엽다.

깍두기 뭉텅뭉텅 맛 담은 서글서글 손놀림. 남도 알싸한 갓김치 방점을 찍고 소 같은 우직한 심성 세상 바꾸라는 사랑아 내 사랑아. 슬픔 삼켜버리는 희망의 내 사랑아. 하하 고운 치마폭보다 더 넓은 바다에서 올라온 곱고도 고운 흑 비단 머릿결. 맛있는 김 예쁘게 구워 밥상 장식한 설 명절. 그 딸 커서 새해 복 많이 받으세요. 적어 보낸다.

황금돼지 얼굴은 갈라진 한반도 평화적인 통일 위해 이 땅 촉촉하게 비를 주실 단비가 그렸다는 빈자일등 여인의 등불 고와라.

알람브라 궁전

그라나다 무어 왕의 슬픔만 달래준 것은 아닙니다.

아라비아 페르시아 영혼이 빚은 알람브라 궁전에서 태어나 늙어 병들고 죽음 맞이했던 냄새 잊을 수 없습니다. 잘 삶아진 문어 풀포 지중해가 익힌 와인 입술 반짝이면 살아가는 수고로움에 저 멀리 시에라 네바다 산맥 붉게 물들이는 노을. 마법 같은 일들 일어났으면 하고 상상하는 것은 착륙 비행기 창가 지상의 풍경 바라보며 궁전의 추억을 말하는 기타 음률 그대 아련한 미소 햇살처럼 떨리기 때문일 것입니다.

수원역 애경 백화점 옥상 등짐 잔뜩 짊어진 임과 향긋한 커피 속에 담긴 것은 가난스러운 저녁입니다. 비밀한 삶 궁금하여 배낭 속 보고 싶다는 칭얼거림에 칫솔

치약 오래된 양말 바느질 통 빵모자 철 지난 옷과 화장
지 그리고 낡은 시집. 검은 봉투에는 저녁 먹거리 숨어
있습니다.

세상 그 어떤 향기보다도 구수레 한 냄새 배낭 속에
만 아니라 오랜 노숙 생활 고단한 지혜 노을 가득했
습니다.

부에나 비스타 소셜 클럽

아무것도 부러울 것 없는 여린 잎처럼 어떤 것에도 놀라지 않고 흉내 내지 않는 바람처럼 누구에게도 미움받거나 사랑받아도 전혀 부끄러움 없이 봄 날마다 오시듯 빛나는 춤을 추어요.

향긋한 쿠바산 시가 주름진 얼굴 향기 물결치면 오랜 손놀림 낡은 기타 줄 간지러워도 도시의 길모퉁이 신호등 바라보다 눈가에 오시며 흐르는 별 손으로 슬쩍 웃으며 이것이 사는 것이었다고 한 마디 말하면 계절 건너 치맛자락 흔들리는 영혼 춤을 추어요.

무엇이든지 아무것도 생각하지 말고 모든 것 가능했던 빛나는 눈동자 마주 보며 낮은 음성 몇 소절 부르다가 체 게바라 그리운 몸부림 말하던 슬픔 간직한 다음 생

2014/07/09

에도 단 한 번 만났지만 다시금 만날 수 없는 사랑도
탱고처럼 괜찮다고 그냥 바람 따라 흔들리는 영혼 오
늘 밤 그대와 춤을 추어요.

기타리스트 안형수

삼태성 반짝이며 외로워도 현촌은 우주를 담았습니다.

점심밥 식권으로 먹을 수 있다지만 저녁거리 아침 허기 어떻게 견뎠는지 궁금했습니다. 향토 장학금 없거나 궁핍하던 시절 자취방 종종 두런두런 돼지고기 굽고 애인 들락거려 보글보글 구수한 냄새 가득했습니다. 정상을 향한 긴 인내의 시간 외로움이 높고 쓸쓸한 저녁 형수 형은 어떻게 지냈는지 모르겠습니다.

늦은 밤 연습실 가방 둘러메고 논밭 사이 외딴 시골길 걸어오는 그대 지켜준 것은 반짝이며 오시는 별빛 사위어 가시는 초승달 어루만져 간지러운 미풍 들려오는 개 짖는 소리 이름 모를 잡초도 발자국 따라 흔들거렸는지요.

위로해줄 사람 없는 지상 모두가 쓸쓸함 높아 외로운 존재입니다. 최정상에 오른 세상 모든 예술은 우리들 정신 고양시킵니다. 정상 갈 수 없다고 포기한 사람들도 있지만 지고지순한 이상 향해 죽을힘 다해 오른 최정상에서 끝날 길 없는 천 길 낭떠러지 구만리장천 바라보며 마지막 한 발 한 층 누각에 또다시 오른다면 사람들의 거대한 슬픔 달래줄 수 있을 것입니다.

그리운 님의 곡 엄마야 누나야 아침이슬 오빠 생각 가을 편지 등대지기 섬 집 아이 가난한 영혼 울린다는 사실 말하던 형수 형 보고 싶습니다.

루브르 박물관을 나오며

양치 못 해 오전 수업 중 껌 씹고 있다던 키 작고 귀여운 프랑스어 불순이 선생님 괜히 슬픈 고교 시절 달래주었습니다. 시험 정답 대신 외운 미라보 다리 아래 시 적고 붉어진 얼굴 점수받았던 추억 웃습니다. 욕심 많은 박물관 미술품 때문에 정신없으며 피곤한 몸 끌고 동료들과 거리에 나왔습니다.

길 가던 중 할머니와 아주머니 어린아이 길에 흘린 동전 줍고 있었습니다. 장난기 발동해 잽싸게 동전 주었고 도망가는 시늉 몇 걸음 달려가다가 뒤돌아 가서 드렸지요. 함께 장난임을 알고 깔깔 파리의 길 밝혔습니다.

어느 해 겨울 수원역 늦은 밤 모퉁이 임들 하시는 동전 놀이 짤짤이 세 개만 있으면 저는 쌈치기 명수입니다. 그냥 갈 수 없지요. 서너 명 어르신 다 떨어져 나가고 한 분과 붙었습니다. 노숙 선생님들 하고도 기싸움이며 심리전입니다. 냄새 붙은 지전까지 연거푸 5번 똑같은 것으로 이길 수가 있었지요. 산더미 같은 동전 모두 땄습니다. 양쪽 주머니에 넣고 돌아서려는 저를 잡던 님들과 하하 허허 통닭과 족발 피자 막걸리는 밤을 비틀었습니다.

놀이는 아이들처럼 의무나 숙제가 아니어야 합니다. 최고의 경지는 잘 놀다가 만들어지는 것처럼 거리의 노숙 선생님들 삶의 질곡 용감히 퇴각하여 절대 자유인이 되는 것인지 모르겠습니다. 전쟁 약탈로 루브르 박물관 장식한 것처럼 노숙인들 지상의 슬픔 부조리가 농축되어 역사마다 고정된 미술품과 전시되는 행위극인지 모르겠습니다. 낯선 여행지 바람 한 장이 달래줄 수 있지만 햇살 같은 따스한 마음 주고받았으면 참 좋겠습니다.

안진경을 그리워하며

숲 제 홀로 안개 빛 살결 부스스 깨우고 물방울 향긋한
냄새 만든다. 여린 식물 어루만지다가 줄기 올라가는
나무껍질 바라보며 사이사이 새소리 정령들 빙긋 웃어
충만하다. 숲 고요함처럼 가난한 백성 보듬었던 선비
의 삶 걸어 나와 사라져 버린 사람 보고 싶다.

날갯짓 생동감 바람의 춤 계절마다 바뀌는 폭풍우 춥
고 거친 눈발 견딘 숲 아무런 일 없는 듯 스스로 우아하
다. 안녹산 란 피해 도망가지 않고 온몸으로 민중 앞에
걸어오신 임 그립다.

거친 세상 삶에 지친 사람들 오거들랑 그동안 고생 많
이 했다고 어서 오라고 가만가만 바라보다가 다독다독
위로하는 정령들 두런두런 숲 가득하다.

봄날 막 오자마자 연하게 물든 잎 유려한 물줄기 닮아 천
년 바위 굽이치며 휘돌다 거칠었는지 텅 빈 강 고요함 깊
이 삼켜버릴 듯 내리꽂아 터져 나오며 날아오르는 비장한
서체와 글 님의 고단한 삶이었을까?

역사 속에서 걸어 나와 한 줌 모래 삶에 빛나 첩첩 산산
태산 기세로 도도히 흘러 끝난 곳 없는 대하의 기운 붓
한번 씻고 가셨구나.

소풍

햇살 그대 미소였습니다. 일정하게 심장 오르내리는 가느다란 혈관 소리 살아있어 고맙습니다. 꿈길 미로 걷듯 신선한 산소 영양분 팔목 미세한 떨림 아름답습니다. 파장 머릿결 부드러워 향긋 빗질하듯 약동하며 고운 얼굴 별들이 만들어 놓은 것입니다. 가느다란 손 쓸어 올리는 모습 한 번 볼 수 있어 사랑스러움입니다. 감촉 꿈틀 고요하고 정갈한 속삭임 그대 있음에 생명 나누어주는 것입니다. 셀 수 없는 그물코마다 금강석 걸리듯 그 빛 각각의 보석에 연결되어 온 천지 세상 밝히는 광휘 그대와 소풍 오신 것입니다.

수원 출신이지만 무엇이 그리 고달팠는지 오랜 노숙생활 수원에 광교산이 있는지도 몰랐다는 님. 초등학교 때 말고 소풍 처음 온다는 싱글벙글. 힘들어 정상

못 가고 여기 있겠다는 님. 형편대로 소풍 가지만 가난한 사제와 함께 가는 길은 김밥과 사이다에 담긴 즐거움뿐 입니다. 서울역 영등포 천안역 다시 서울역 쉼터요양원에서 소풍 회상하는지 이승 버리고 가셨는지 모를 일입니다.

영성적 삶은 소 뒷걸음치다가 쥐 잡듯 결국 피리 불며 시장 저잣거리로 내려와 사회의 최약자들과 생로병사 뒤섞이는 것입니다. 평정심으로 살아도 부끄러움 없이 의식의 흐름 동쪽으로 풍성하게 뻗은 나무처럼 일정한 방향에 맞추고 매 시각 깨어있는 수행의 삶일 것입니다. 뒤늦게 알았지만 거리의 님 들이 저의 분신이었으며 스승이었고 깨달음을 위한 도반이었는지 모르겠습니다. 길 위의 사람들 강 건너면 뗏목 버리는 것은 철칙입니다. 오욕과 칠정 있어도 스스로 빛 밝히며 타자의 도움 없이도 대우주이며 걸림 없는 대자유인일 것입니다.

그대들과 함께 봄날 초대받은 소풍 말할 수 없는 행복한 시절이었습니다. 소풍 마친 그대 잘 가십시오. 그동안 정말 고생 많이 하셨습니다. 부디 영원한 안식처에서 평안히 영면하시기를 머리 숙여 빕니다.

개 짖는다

동지 지나 소한 대한 오기 전 알싸한 추운 날 참 좋습니다. 자빠져 자는 그님 겨우 잠들었는데 왜 깨우냐는 님. 냄새 이불 뒤척이듯 살았는지 뒤졌는지 오들오들 떠는 임들 갑시다. 길고 긴 밤 길 잃어 날아가는 한 마리 까마귀도 외로운데 따뜻하게 잡시다. 아니다 여기 견딜 만하다.

말 걸고 돌아온 헛헛함 달래주는 김치찌개 그리움입니다. 세상 미식가 맛 집 찾아 삼만 리 다녀도 늘 배 고프다지만 달달한 맛 위해 냉장고 깨우면 부러울 것 없습니다.

겨울 무 굵은 멸치 다시마 묵힌 된장 양파 넣어 끓으면 껍데기는 가라. 육수에 묵은 김치 적당히 익히다가 생강 조금 넣고 생 목살 돼지고기 뭉텅뭉텅 넣습니다. 양파 다시 썰어 대파 고추냉이 조금 청양고추 두부 약간 마늘 다진 것 준비합니다. 차례대로 넣은 후 작은 불에 보글보글 지나 와르르르 자작자작할 때 고춧가루 색깔 입히면 오홋 군침 뚝뚝 깊은 겨울밤도 맛납니다. 가장 중요한 불의 자비에 모든 것 맡깁니다.

아주 멀고 먼 옛날 맛봤던 사슴고기 그냥 삶아 소금 찍어야 천하일미인데 새벽 두어 시 무엇 먹어도 살로 가지 않지만 그 유혹 죽음을 비웃습니다. 정 나누던 시절 세상 싫다고 숨어 사는 친구 보내온 담근 술 차려놓으면 부러울 것이 없습니다. 함께 할 사람이 없으면 좀 어떠랴. 그동안 왔다 간 놈들 한두 놈이냐. 오늘 밤 같이 있었으면 기가 막힌 김치찌개만 축내지. 혈압 높고 심장 좋지 않으니 제발 담배 끊으라는 의사 놈과 낄끼리 낄낄 거리며 한 대 빨고 한 잔 더 마시면 탁 치니 억하고 죽었다는 놈들 기억 씹어 돌린다.

꺽꺽 숨 한 번 다시 쉬며 잠깐 지상에서 마지막 비울 술잔인지 찰랑찰랑 일망무제 바다 넘치면 끝날 수 없

는 성난 파도 됐다고 깔깔거린다. 풍류 익은 벗님들 꽃
봉오리 터지게 잘 놀다 가면 그만 인 것을 저리들 바빠
지랄 맞게 잘났다며 제 멋에 사는지 모르겠다. 까불다
가 밥숟가락 잘 퍼먹지도 못하고 갈 것이다. 저 너머

억겁의 순간 스러져 태어나는 무수한 별 술 취해 깬 듯
하다가 술 한 잔 따라주며 머나먼 우주 어느 곳인지 모
르겠습니다.

별똥

앞서가던 한 놈 때문이다. 노숙 고참이라고 삥 뜯고 겁박 주며 사사건건 트집 잡던 꼴통들 더욱 정 가지만 오래된 노숙인 보이질 않으면 덜컥 겁나 쥐도 새도 모르게 사라진 것이다. 주민증 빌려 대포통장 만들고 술 얻어먹었으니 정신병원 행차 돈 빌려 먹튀 잠자는 동료 가방에 신발 휴대폰 홀라당 돈 몇 푼 훔쳐도 절간 교회 성당 순례길 몇 천 원 벌었다며 한 잔 한다. 에이라 뭔 의리냐 보험이지 서로 배고프고 정 그리워 알코올 중독이다.

서울역 천안역 바닷속인지 마음껏 달리지만 늘 뒤따르는 놈들 앞에 우두머리가 있다. 방향 갑자기 바꾸거나 멀리 돌아오던 길 다시 헤엄치며 어떤 곳 향하는지 전혀 모를 일이다. 하여튼 넓은 바다 육지 제 안방인 양

인파 헤쳐 물살 가르며 엄청난 눈초리 수압 견디며 달
린다는 것 언제나 신나는 일이다.

플랑크톤이나 부레가 없는 삼치 방어 특히 고등어나 멸치 떼처럼 별들에게도 우두머리가 있을까? 폭발하여 도망치듯 흩어졌다가 일정한 시간 지나면 미친 듯 모여들어 이름 붙여야 할 행성을 만들기도 한다.

전혀 무리에 들지 않고 나 홀로 박스 우산 집 다리 밑 난간 비트 아지트 공사 후에 떨어져 나간다. 결국 이름도 없이 대기권 진입하여 찰나의 불꽃과 함께 별똥별 앞서서 나가니 산 자여 따르라 선물했다.

창가

창가에 기댄 연어 고향 어머니 냇가에 앉아 있습니다. 봄날 살랑대는 말할 수 없는 연한 녹색 가을 겨울 준비 한다는 성성한 잎 고요의 겨울밤 품어버린 창에 박힌 쓸쓸한 영혼 가득하여 충만합니다.

광풍이 가슴에 불어오면 삶이 무엇인지요? 어떻게 하면 삶을 견딜 수 있죠? 나는 어디에서 왔다가 어디로 가는 지요? 하루나 이틀 짧게는 몇 시간 깊이 잠들면 지나가 지만 땅 깊숙이 뿌리박고 그냥 살아가는 나무들 부끄럽 습니다. 사계절 받아들이는 모습 수원 중앙도서관 1층 열람실 창 하늘과 만나는 길목인지 모르겠습니다.

암울했던 70년대 진해와 포항 해병대. 산과 벌판 바다 깊은 겨울 공수 낙하 후 미 해병대와 비탈 심한 강원도 야산. 어두운 시절 어딘지도 모르게 도착한 부산대학교 계엄군 침상. 창가 나무들 일렁거려서 그랬는지 빛나는 별 잠 못 이루게 했습니다. 창 없는 지상의 절망은 수억 광년 뚫고 오는 빛과 광활한 우주에서 잠시 숨 쉬다 먼지로 돌아간다는 사실 잊어버리기가 쉽기 때문입니다.

바닥에 달라붙어 떨어질 수 없는 여인숙 달 방 쪽방 고시원. 무료급식소에서 받아온 식은 밥과 어묵 단무지 쪼가리 상하지 않게 걸어둘 창 없어 속상합니다. 하지만 창을 통해 자신이 대우주의 일부분이며 자신을 외부에 두고 바라보고 성찰할 수 있는 기회가 작아진다는 사실 더욱더 두렵습니다.

허수경 산문집

소풍 왔으면 사이다는 먹고 가야 섭섭하지 않습니다.

저승 총무 던져준 사잣밥인지 늘 슬픔을 손님으로 맞이하지만 오시는 서러움 달래 주지 못하고 모르는 척 긴긴날입니다. 금요일 늦은 오후 서산에서 전화가 오더니 살길 찾아 그곳에 가면 도와줄 수 있느냐? 아아 나도 길 위에서 죽을 때까지 뒹굴어야 할 것인데 어떻게 할까요?

지나온 이야기 다할 수 없어 이혼했고 태백 석탄 캐던 아버님 무거운 책무 오롯하게 짊어진 관운장 같이 작렬하게 전사했답니다. 기회의 평등 빈곤의 쇠사슬 하나 씩 끊을 수 없는지 가난 후대까지 물려주는 현실입니다. 노모 댁 중3 아들 맡기고 떠돌았다는데 바람의

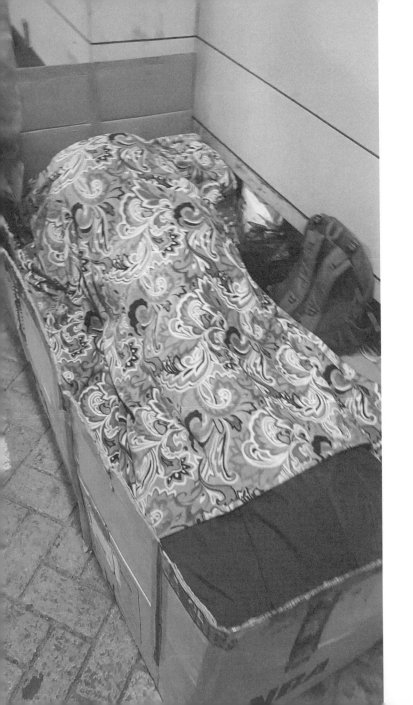

날 들여다보다 가슴에 피 흘리며 따뜻한 밥 한 그릇 먹기가 그렇게 힘듭디다. 설득 강요도 어떻게 할 수 없는 그님 걸어온 결론 번개탄 일주일 전 오기 전 죽음은 종종 과녁을 빗나갑니다. 울고만 있는 슬픔 해결할 수 없으니 서러움이나 나눕시다.

즐거운 일 한번 없어도 별에서 오신 서러운 김밥 한 줄 같은 영혼 조이 모텔에 모십니다. 외로움이 그리움에게 저녁 어스름 밟고 돼지고기 숭숭 콧등 얼큰 감칠맛 김치찌개 볼때기 터지면 소주 서너 병 서로 웃음 되어 취합니다.

오늘 도서관에서 허수경 산문집 빌려왔습니다. 그대는 할 말을 어디에 두고 왔는가?

제5부

음악의 영혼 차이코프스키를 기리며

파렴치한 문학적 표현

울고 있는 그대에게

오오 고통이 늘 당신을 따라다녔군요. 울부짖는 그대 조금은 이해할 수 있을 것 같군요. 12살 갑작스런 동생의 병사. 둘째어머니 젊어서 돌아가셨군요. 오빠가 일하시다 떨어져 죽었군요. 형님이 익사하셨고 배다른 동생 인수봉에서 추락사했군요. 젊은 날 공장 생활 남은 것이 없군요. 낙태의 슬픔도 있군요.

첫사랑 그리움 이룰 수 없는 한이 가슴에 남아있군요. 당신을 사랑했던 사람 그대 만날 길 없어 목을 매 자살하셨군요. 삶이 힘드셨는지 농약 먹고 돌아가신 아버지 뒤이어 젊은 어머니도 세상 등졌군요. 실직생활 길고 긴 갈등 가정에 폭력 난무했고 그 후유증 사람을 죽였군요.

욕심 뿌리가 되어 즐거움과 슬픔 사랑과 미움 옭아매
었군요. 빛 밝히지도 마음의 고통 잠재우지 못한 그대
자유롭지 못하군요. 사는 것이 죄라서 세상의 슬픔 짊

어졌어도 마음 한 번 크게 움직이세요. 어린 날 행복했던 깊은 곳 빛나는 빛 바라보세요. 기다리겠습니다.

냇물은 강으로 흘러 흘러 바다로 가야 합니다. 길 막지 말고 갈 길 만들어야 합니다. 최상의 서비스 요청하며 더더욱 편안하게 정주하려는 사람들 위해 그 대가로 노동자 정신적 육체적 학대 요구하는 징글징글한 세상입니다. 똥폼 개폼 잡고 뭐나 된 듯 정권 잡은 사람들 정신 차려야 합니다.

정치는 서로 다른 사람들 입장 차이와 개인의 선호도를 묶어내야 합니다. 공동의 선을 위해야 하며 그 과정에서 사회와 국가의 최약자 보호해야만 합니다. 살아내야 하는 일 만만치 않아 매일 가슴에 피의 흙탕물 흐르는 가장 낮은 곳에서 울고 있는 사람들 안아주는 것이 국가이며 인류 공동체입니다.

새로운 기술 장착한 자본은 전혀 다른 모습 착취와 약탈로 세계 장악했습니다. 자본에 점령당한 세계경제를 국가 단위에서 공공의 선을 위해 통제한다면 가난한 지구촌 백성 눈물 닦아줄 수 있을 것입니다. 코로나19 이후 세계는 그동안 잃어버렸던 모두가 외로운 별에서 왔다가 빛나는 별이 될 공동운명체 유토피아 만들어가야 합니다.

낯선 곳

부끄러움 때문에 오랫동안 홀로 늦잠을 잤군요. 부모 없는 아이처럼 외로워 조용히 계셨군요. 그대와 함께 했던 겨울 덮어버리듯 가는 시간 아쉽다고 상서로운 이쁜 눈발 이 세계보다 더 큰 어떤 존재와 하나 되게 하셨군요.

두 손 높이 들어 빙긋 웃으면서 뒤로 한 번 고개 돌리며 일어나세요. 마음 읽어버렸다 수줍어 미안하다 마시고 열망을 담아 삶 자체가 한순간의 기도였다 말하세요. 깊은 밤일수록 별 빛나게 오시는걸요. 오랜 시간 지난 다음 그냥 싱긋 윙크하듯 전화해주세요.

또다시 어딘지 모르지만 두 개의 겨울이 만날 때 정갈한 점심 먹으며 지상의 슬픔 뒤돌아 손 잡아보아요. 방

랑을 통해 그대와 타자 사이 긴 터널 지나 처음처럼 있
었던 빛나는 세계에 도달해요.

세상 모든 곳은 만날 장소인걸요. 그대가 오시지 않아
도 발 딛고 서 있는 곳 함께 숨 쉬면 서늘한 바람 일렁
입니다. 그리움 오래 담아 기다릴 것입니다.

가시나무 새

사랑은 신의 영역 분명한 사실. 지상에서 단 한 사람 사랑할 수 없어 하늘의 숨 몰아쉬어도 오시는 그리움 높고도 깊어 가르다란 허망한 손길 극한의 찬란함 위로했는지 모르겠습니다. 청초한 눈동자 만날 수 있어 날개 접고 고운 소리 그대였지만 새벽 불타오르는 심장 비수 꽂으면 가시나무 흔들리는 영혼입니다. 가슴에 피 흘려도 고귀한 궁극의 자유입니다.

내셔널 지오그래픽

한 순간 임이 나의 목숨 안고 가실 때 억겁의 파노라마 펼쳐주시던 한 장 사진 보고 싶습니다. 고우신 얼굴 비추는 촛불 광휘처럼 그대 정령이 아직도 저의 가슴에 있기 때문입니다.

지상에서 한번 만나 생글거리던 햇살 어린 아가 고물고물 손가락 끝으로 오시며 젖 냄새 가득한 처음이었노라고 기억할 것입니다.

행여 삶의 질곡으로 모든 것 잃고 백치가 되어 흔적 지울 수 없다 해도 진주에 박힌 심장이라서 조금씩 종종 어쩌다가 슬퍼 외로웠다고 하세요.

그대는 그대가 사랑하는 별이 되었고 나의 기다림도

하나의 별이 되었으니까요. 우리 다시 만날 수 없다고
서러워하지 마세요. 먼저 가신 님 그리워하듯 오시는
누군가가 기억 못 해도 그러면 어때 밤하늘 빛나는 별
인걸요.

불꽃

정념은 불꽃입니다. 탄압받는 백성 피 흘림 가만히 볼 수 없어 가난한 펜 꺾어 창을 만든다. 천 년 동안 서 있던 바위 깊은 호수 칼 박혀 뽑을 수 없는 임들 사활 건 대장정 혈맥 뚫었다. 하늘 거부할 수 없어 명령 진실한지 묻고 싶다며 사십일 목숨과 바꾼 금식. 녹두장군 전봉준. 전태일 열사 제 한 몸 마중 불되어 활화산 타오르는 찬란한 고통. 한 사람 사랑할 수 없고 받을 수 없어 뒤돌아 헛헛한 나룻배 물살. 오직 하나의 작품 허망할 때 한 개 달 항아리 불 앞에 무릎 꿇었던 도공. 촌음 다투며 목숨 떨어지는 긴급환자 눕혀 흔들림 없는 이성의 메스 날카로운 눈빛. 역사 속에서 불꽃처럼 살다 가신님들 그립습니다.

사람들 슬픔으로 하루살이 밥 먹는 것도 의미가 있는

지 모를 일이지만 새로운 세상 꿈꾸던 벗들과 함께 전혀 다른 질서 갈망했습니다. 뒤척뒤척 잠 못 이루며 깊이 생각하고 적에게 저항하기 전에 대안을 제시했던 불꽃과 같은 정념이었으며 이룰 수 없는 높은 이상 마음속 깊숙이 간직했는지 모르겠습니다. 사는 것이 죄라서 밥벌이 쉬운 것 하나도 없었습니다.

바람

이 주신 상상력은 유년기 굴뚝 옆에 쪼그리고 앉아 바라보던 겨울 손바닥만 한 포구 자유인 경민 선비 영호와 놀던 고향 후포 갯가가 주셨습니다.

미세한 울림으로 오시며 잠들었던 혼자만의 온갖 잎떨리게 했습니다. 바람은 어느 먼 곳에서 불어 간질간질 깔깔거려 나와 타자 사이 벌판 건너 산맥 휘돌아 폭풍우로 변했습니다. 바람은 잠잠하기만 하더니 아버지 계신 바다 깊은 곳에서 시작하여 휘감아 대양을 한 순간 요동쳐 몸과 마음 영혼 감싸 빛나게 사는 길 가르쳐 주셨습니다. 고독하고 외로운 섬과 섬 돌던 봄날의 입김 같은 먼지 하나 둘 모아 거대한 목소리로 섬 뽑던 바람 보이는 것과 보이지 않는 것 까지도 하나가 되게 하며 그것들이 뒤엉키게 했습니다. 바람은 가슴속 설

명할 수 없는 것 까지도 끈질기게 관계 맺을 것 요구했
는지 모르겠습니다.

바람은 작열의 태양 아래 한 모금 물도 없이 갈망하는
어머니입니다. 젖가슴 핏물 흘리며 땅의 품 안겨와 긴
밀한 영향 주어 우주에 우뚝 서서 장엄하게 존재가 되
게 한 것도 바람이었습니다. 바람은 슬픔 위로해주는
음악이었습니다. 첼로 가슴에 안겨 울려도 울려도 울
음 오지 않을 때 끊임없이 달래고 달래 커다란 눈물 터
뜨립니다. 스스로 사람으로 거듭날 것을 가르쳐주고

최약자의 고투와 질곡 다함없는 질긴 고통 속 의식의 흐름 일정한 방향 매 순간 수행에 맞추라고 배움의 깊은 곳 초대한 것도 바람이었습니다. 바람은 겁에 질린 총구멍 패잔병 되어 도망치며 오갈 곳 없던 어린아이가 이불 뒤집어쓰고 울먹이면서도 나를 대우주에 나타내 이루어가지 않으면 안 되게 했습니다.

초신성 대폭발 온몸 아낌없이 우주 공간 흩어 모든 생명 존재하게 했습니다. 바람은 그렇게 태어났습니다. 바람은 섬세한 상상력 만나게 합니다. 바람은 흔들리는 영혼 창조의 숲으로 안내하며 흩어지는 것 포용하며 하늘과 땅 바라보고 홀로 거대한 사람의 길 완성에 이르는 길 스스로 하늘임을 가르쳤습니다. 오늘도 바람 불어옵니다.

약초

높거나 낮은 멀거나 가까운 나무와 벌판 새싹 내어놓더니 바람 햇볕 구름과 별 폭풍과 무더위로 커 갔다고 한 해 두 해 서너 해 부지런도 합니다. 지친 사람 가만 가만 보고 있다가 때 되면 기운차리라고 약초 가득합니다.

부슬부슬 시루에 쌀가루 뿌려 투덕투덕 바위 도토리 우장창창 산골 벼락 떨어지듯 지나가면 살랑살랑 잎 사이 고운 햇살 지친 사람들 어루만집니다. 향긋한 냄새 모두가 달라도 불쑥불쑥 커 간다고 시샘 없이 저만치 이만치 가지런도 합니다.

염소처럼 부지런히 이 풀 저 풀 곱게 뜯고 씻어 말려 손질하면 지나가던 땅 위 가만히 봅니다. 쑥 민들레 개

복숭아 매실 감 산초 오가피 더덕 고운 항아리에 스르
륵스르륵 조용히 잘도 자며 이름표 자랑스럽게 달아주
면 어느 선생님 곱다랗게 깨워줄 것입니다.

한 사람이라도 돈 없어 병원 가지 못하고 억울한 병 걸려 참다가 죽어나가거나 사람대접 받지 못하면 슬픈 일입니다. 아픈 세상 가난한 백성 부디 이 약초 드시고 고운 임 낫게 하소서. 지친 사람 한 모금 마시면 명약 되게 하소서. 겨울 이기라고 보낼 사람 없지만 해마다 약초를 담급니다.

살포시 손잡아 주고 싶은 사람. 가느다랗게 뛰는 맥박 확인하고 첫새벽 길어온 맑은 물에 약초 달여 먹여야 했습니다. 살고 싶다는 저 깊은 눈동자 보면 저는 두려울 것이 없었습니다. 한 철만 더 같이 살다가 바람과 벌판 산과 폭풍우 지나가는 모습 보이고 싶었습니다.

이사를 하며

광활한 벌판 달리던 선조들 절대 머무르지 않는 것은 지상에 영원히 거처할 곳 없음을 뼈저리게 알고 있기 때문일 것입니다. 단순한 아침이 오면 바람 날개 달고 땅과 함께 심장 뛰는 소리 들을 수 있습니다. 갈색 피부 말 갈퀴에 묻은 영롱한 이슬방울 어루만지다가 문득 뒤돌아보면 빛나 사라진다는 것 알고 있습니다.

수원역 부근 고등동 300번지 세 번째로 이사 온 사무실 좁아 책상 다시 배치했습니다. 거리의 임들 지원하며 지독한 밥벌이 어느 곳이나 잠들면 집이고 낯선 곳에 있다가 나가면 열려 있는 것 알고 있습니다. 종종 발 뻗을 작은 방 있다면 지난날 함께 했던 동료들과 하하 호호대며 빛 속에서 그리움 달래주던 눈동자 만날 수 있는 달 방 하나 있었으면 참 좋겠습니다.

정신병원 나와도 갈 곳 없고. 일감 날마다 있는 것도
아니고. 섬 뱃일 한 푼 못 받아 도망치듯 나오고. 프레
스 공장 손모가지. 건축공사 바람 부는데 유리창과 함
께 떨어져. 기계에 눌려 갈아져 나오고. 전기 공사 불타
죽어. 하수구 노동 숨 막혀 끼어 죽고. 한탕 경마 노름
어중간한 사업 말아먹어. 친구 집 빌붙어 살기도 지겹

고. 피투성이 부들부들 피범벅 무서워 무작정 도망치듯 역전에 오신 님들 소식 듣습니다.

달랑 냄비 하나 자취방. 빚쟁이 무서워 PC 방 두 달 생활. 야무진 님 요양병원 정규직 소식. 소처럼 씨득씨득 말 듣지 않다가 10년 만에 원룸 가전제품 들어오던 날 장가 못 갔지만 좋아서 방글방글. 가난한 방에서 고생했다 고맙다고 서로 위로하는 빛나던 전사들과 잠시 머물 방 하나 말입니다. 지상에서 함께했던 그리운 벗님들 그동안 정말 감사했습니다. 안녕히 계십시오.

대물 뱀장어 1

충주호 1m 12cm 3.5kg. 소양호 1m 26cm 3.6kg. 이후 대물 뱀장어 꾼들의 가슴에 애와 간장을 녹인다.

강과 바다만 오고 갔을까? 산과 벌판 돌아 냇가 거슬러 본능적으로 유람하듯 꾼들에게 사랑을 받아왔다. 기다린다고 만날 수도 없고 오래 버티면 보람 주는 우리들 뱀장어 잡혀도 분 삭이지 못해 강과 산 호령한다. 손맛 몸 맛 본 진정한 꾼들 대물에 대한 깊은 예우 지키기 위해 강으로 다시 놓아주는 것이다. 미끌미끌 앙앙 탈탈 서로의 자유다.

종종 빙어와 참붕어 급한 대로 쓰지만 말 지렁이 그들 미각 유혹한다. 비틀어 더욱더 날카롭게 위장한 바늘 입에 걸리면 진액 흘리는 바늘 털이 명수. 초릿대 미묘

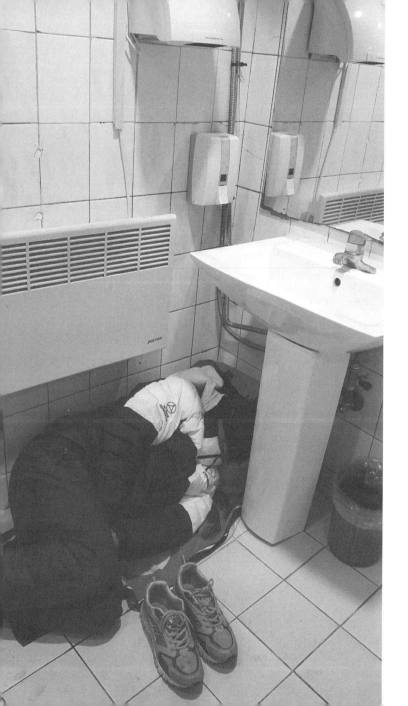

한 움직임에 반응하는 꾼들 발소리 알아듣고 숨죽이는
영리함. 수온과 바람의 속도 간조와 만조 미세한 차이
알아채고 조용한 판단 민첩한 동작으로 미끼를 가로챈
다. 어둠의 제왕은 꾼들이 기력을 쓰지 못하게 저녁과
밤 농락하다가 한순간 방심한 찰나 서로는 황소고집
승부를 결정한다.

강렬한 강의 비명. 산천초목 숨죽이는 순간의 짜릿함. 꾼에게 올 때 뼈와 허리 바위처럼 뭉뚱 거리고 걸려온 다지만 장한 몸 보이는 것이다. 뱀장어 안 잡히면 오래 기다려야 하고 낚시한다고 반드시 대물 잡으라는 법 없지만 바람의 눈발 흩날리는 올겨울 마지막 이곳 소양호에서 겨울 낚시를 마감해야 한다. 일 년에 몇 번 재수가 좋다면 수원역에서 대물 노숙인 이렇게 만났다.

대물 뱀장어 2

무슨 의미가 있는지 모르고도 모를 일이다. 그대 어디에서 왔다가 어디로 가는 것인가? 바다가 고향 아닌 생명 어디 있으랴.

필리핀과 괌 사이 마리아나 북쪽 해저 산맥에서 산란하며 깨어난 유생 북적도 조류 따라 이동하다가 구로시오 해류 만나 북쪽으로 방향을 튼단다.

대나무 납작한 댓잎 같은 뱀장어 통통해지고 길이가 짧아지면 스스로 헤엄치며 소용돌이 해역 통해 대만 동아시아로 퍼진단다. 대륙붕 근처에서 실뱀장어 탈바꿈하고 이때부터 나침반 지자기로 감지한다. 육지로 방위 맞추고 밀물의 물살 썰물 때는 바닥에 접근한다는 사실 2017년에 확인됐단다.

양식 위해 치어를 잡고 상어 간 먹이로 썼지만 어렵단
다. 바다 눈이라고 부르는 죽은 플랑크톤 등 유기물 뭉
쳐 눈처럼 심해로 가라앉는 물질 갓 태어난 뱀장어 먹
이로 추정된다. 낮에는 563~885m 깊이에서 헤엄을 치
다가도 해가 지면 좀 더 얕은 수심 182~411m로 올라와
이동한단다.

수천 킬로 긴 여행 마친 뱀장어는 1월 제주도에 가늘고
투명한 실뱀장어로 도착한다. 2월 남해안 그리고 3월
부터는 서해안 강 하구로 거슬러 무리 지어 몰려온다.
그러나 구체적으로 뱀장어가 어떤 경로로 어떻게 이동
하며 어린 뱀장어는 무엇을 먹고 자라는지 등 자세한
내막 아직 잘 모른단다.

어디에서 오셔서 어디로 가는지 이 작은 지구별에서
잘 파악이 안 되는 우리 노숙인 선생님들도 약간의 상
담 통해 탄생된 경로 파악할 수는 있지만 복잡하다. 출
생은 분명히 맞는데 어느 곳에서 태어나 어떤 곳 거치
다가 무슨 이유로 쩔뚝 쩔뚝 쩔뚝거리는지 몇몇은 알

지만 많은 수의 노숙인들 쓸쓸한 죽음 잘 모르는 고통
가득하여 늘 날마다 슬픈 지상이다.

몽마르트르 언덕

존재하지 않는 사랑 찾아 몽마르트르 언덕에 오르지만
단 한 님 사랑할 수 없어 방랑의 회한은 서성거리는지
모를 일입니다.

외로웠던 고흐 그리워 십수 년 전 파리로 화가의 꿈 안
고 언덕에 오셨답니다. 그러나 현실은 관광안내원 프
랑스 곳곳으로 내몰렸지요. 위로할 수 있을 파리 뒷골
목 오래된 맥줏집 님의 먹먹한 날 때문인지 다시 가고
싶은 프랑스 여행 슬픔입니다.

오를 수 없을 만큼 높은 이상 때문에 스스로 돌아올 수
없는 귀양 몽마르트르는 처음부터 절해고도였는지 모
르겠습니다. 시베리아 눈 덮인 겨울 벌판뿐 아니라 세
상 곳곳 현실과 타협하거나 안주하지 않으며 방랑 벽

뚫고 싸워 혁명의 저항 꿈 실천하다가 게릴라전 유배지에서 명멸했던 그리운 님 들은 가장 아름답고 고귀한 것 지상에 선물했습니다.

밥줄 전 성가 흐르며 오백 원 천 원 기부 성당 절간 교회 순례길 춥고 허기져 외로운 바람 불어오는 역에 서면 기차는 8시에 떠났습니다. 어느 곳으로 가야 할 지 벌판에서 연 날리던 그리운 그대 찾아 서성거리는 노숙인 속였는지 모를 일입니다. 현실 인정한다지만 날마다 살아낸다는 것은 분명히 슬픈 일임에 틀림없습니다.

의미는 사라져 사랑해야 할 사람 지상에 없고 희망은 절벽으로 추락했습니다. 가난한 영혼 따스하게 받아 줄 수가 없다는 것을 알기에 몽마르트르 언덕 거리의 슬픔에게 빛나는 밤의 꽃이 되라고 별은 말하는 듯합니다.

새해가 되면

황금 도야지해라는군요 ^^ 모쪼록 복 많은 2019년이 되시길 소원합니다. 글코 올핸 쇤네 신부님 속 그만 긁을게요 ^^ 쏙을 넘 올림 ~~ ^^

수원역 20년 훌쩍 넘은 고참 노숙인 어떤 복인지 가득 받으라 문자 오는데 똥 묻고 재 뒤집어져 뒹굴어 받고 주다가 짓는 건지 모르겠습니다.

징글맞은 개 같은 시간 엎어버리며 씩씩거리다가 꽥꽥 맘껏 처먹고 여유롭게 배때기 벌러덩 살진 돼지가 되어 한쪽으로 누워 새끼들 젖 물리며 열댓 마리 키우는 황금돼지 되어야 하겠습니다. 목에 콱하고 칼 박히는 것은 뒷일입니다.

조상님들 우리 노숙인 선생님 올해 잘 지켜주이소. 앙 앙 탈탈 받아주시며 집과 직장 행복하게 어떻게 하던 지 살게 좀 도와주십시요. 제사 지냈으니 음복과 선물 윷판 놀다 가십시요. 새우젓에 머리고기 맛있네. 정종 도 한 잔 하시지요. 그려. 옴팡지고 걸팡지게 놀아 보드 라고 잉. 속임수 없이 자 먼저 하세요. 야무지게 한 판 던져야제. 첫판부터 게네잉 허허 개 같은 날이었제. 윷 이여 모도 좋고 걸도 좋다. 요번에는 도로 잡고 치고 나가자고. 게여 도당께 음마 환장하겠네. 그냥 나가자 고 좀 올려서 던지드라고잉. 잡드라고 뭘 그랴 올라타 뭐라도 있어야 올라타지. 낄끼리 낄낄.

자 다들 한 잔 찌끄리자고. 안주 한 뽈따구혀. 저 아가 리좀 보소. 일년에 4번은 설날 합시다. 커커커커. 그려. 아니 너 팔봉이 아니여. 그려유. 목욕탕에서 사계절 스 웨터 대갈통 안 빠지던 놈 말이여. 히히히 그려유. 그런 디 지가 이름이 팔복이구먼유. 팔복이나 팔봉이나. 죽 지도 않고 또 만나 반갑네. 올해는 복 많이 받아 서로 간 노숙판 볼 일 없자 잉. 그려유.

아이코 어제저녁 꿈자리 사납더니 결국 낙이여. 선생
님 요즘도 산에서 주무세요. 추워도 혼자가 좋아 우리
가 원래 도꼬다이로 살지. 그러지 마시고 꿈터에서 따

뜻이 계세요. 잡수실 것 좀 가져가시고 건강하세요. 바글바글 하하 허허 잘 나거나 못나도 한 번 놀다 가기는 꼭 같습니다. 깨끗이 없는 우리들 웃음이 하늘과 땅에 울릴지도 모르겠습니다.

제21대 총선에 부쳐

높아 하늘 자유로운 새 그물 두려워하지도 않고
깊어 넓은 폭풍의 바다 돛배 고요히 지나간다네

전쟁 마친 장수 큰 칼 뒤로 백마 갈퀴 어루만지며
뒤돌아 차가운 물 마시면 구름 흘러 웃고 있다네

하늘 백성 민심 무서워 험한 고난의 행군 이어가고
순간 숨 돌리고 숨어야 할 길 가는 그대 숙명이네

공중의 그물 누가 놓았는가? 고단한 백성 울부짖음이며
사나운 바다 누가 만들었는가? 하늘이 선택한 일이라네

오늘만의 한계 뼈에 새기고 밤의 묵상 세상을 성찰한다면
티끌 먼지라도 새벽에 드리는 정한수 아름다운 일 이려니

성 프란시스 수도회 키릴 수사님
종신서원에 부쳐

외로웠다고
푸른 별 지상에 오시던 날
쓸쓸한 것은 그대만이 아니었나니
대우주 놀라게 한 최상의 선택입니다

풀잎의 새벽
이슬 정갈하게 위로하던 날
잃어버린 사랑 고개 들어 갈망하나니
날마다 가난을 밝히는 별 그립습니다

은하수 장하듯
가고 오던 수도자 창창히 빛나며
까불지 말라고 소곤 반짝 웃음 짓나니
그리운 님 얼굴 볼 수 있어 고요합니다

바람 불어와
억센 손 거친 밥 그대 아름다워
뒤돌자 혼자라도 없던 길 만드나니
텅 빈 겨울 봄날 기다리는 별입니다

해설

벗님이 그리운 순례자의 생명 교향곡 3부작

김용표 (한신대학교 명예교수)

　김대술 신부님에게 연락이 왔다. 현재 강화도에 계신 신부님은 2019년 초까지는 수원 다시서기지원센터의 장長으로 일하셨다. 그때 노숙인과 함께 뒹군 거리의 이야기들을 두 권의 시집에 담아 출간한 경력을 가지고 있는 사제司祭 시인이다.

　한신대학교는 2016년부터 경기도와 수원시의 위탁을 받아 노숙인을 위한 인문학 프로그램을 진행했는데, 시작할 그 무렵 하필이면 내가 인문대 학장이랍시고 프로그램의 책임자가 되는 바람에 서당 개도 풍월을 읊게 되는 3년 세월을 함께 하자 감히 내 멋대로 몰래 신부님을 마음의 도반으로 여기는 인연을 맺게 되었다.

　그 신부님이 수원 시절의 남은 글을 모아 '수원 방랑'이라는 이름으로 세 번째 시집을 내신단다. 와우 정말 축하드려요. 네? 해설을 써달라고요? 아니, 내가 무슨 문학평론가라고? 얼핏 스치듯 잠깐 훔쳐본 신부님의 두 번째 시집 원고 속의 난해한 언어가 마음에 걸린다. 당나라 시인 백낙천白樂天은 칠십 노파도 알아먹는 쉬운 언어로 민중의 사랑을 받았다는데, 신부님 시는 뭔 소리인지 명색이 문학박사라는 나도 못 알아먹겠소! 웃으며 농담을 한 적이 있는데 이제 와서 복수를 하시려는 건가. 하지만 거절을 하자니, 도반은커녕 웬수가 될 판이다.

낭송을 시작했다. 문학의 참된 가치를 느끼려면 소리로 두드려 봐야 한다. 수박이 익었는지 궁금할 때 손으로 똑똑 두드려보듯, 사물의 내면을 알고 싶으면 소리로 확인할 수 있다. 인간의 내면도 마찬가지다. 몸속에서 울려 나오는 소리로 건강을 짐작할 수 있고 영혼과 감정을 느낄 수 있다. 문학작품도 마찬가지다. 독자는 낭송을 통하여 작품 내면에 흐르는 본질의 소리를 듣게 되고, 작가가 창작 시에 느꼈던 분위기와 정감을 공유할 수 있게 된다. 낭송은 작품을 이해하는 최적의 수단인 것이다.

그런데…, 어찌 된 일인지 『수원 방랑』은 읽히지가 않는다. 목소리가 점점 가라앉았다가 이내 끊기고야 만다. 원고를 넘길수록 머리가 지끈지끈 가슴은 천근만근이다. 대체 이유가 뭘까? 아무래도 두 권의 전작前作 시집부터 차근차근 제대로 읽어봐야 할 것 같다.

절망으로 부르는 희망의 노래, 『바다의 푸른 눈동자』

책을 샀다. 『수원 방랑』이 읽히지 않는 이유가 너무 궁금해서 신부님의 기존 시집 두 권을 인터넷으로 구매했다. 우선 첫번째 시집, 『바다의 푸른 눈동자』. 이 책도 그럴까? 두렵고 궁금한 마음으로 낭송을 해보았다.

아이거만의 폭설과 낙석
포기할 수 없어
사랑하는 사람의 가슴을
아이젠 날카로움으로 찍어 오른다.

얼어붙은 로프에 기댄 동료
비수의 차디찬 날로
끊어버린 직후

뒤돌아보지 않는 자에게 길은 열리지만
피톤으로 몸을 절벽에 박고
오를 수도, 내려갈 수도 없는
빙벽의 침묵

아이거 북벽

인적 끊긴 수원역 북쪽에 있다.

— 〈아이거 북벽〉에서

사랑과 관심 끊긴 차디찬 얼음벽에 갇혀 지내는 수원역 노숙
인들의 삭막함이 낭송을 통하여 내 마음속에 그 즉시 전달된다.
그들뿐이랴. 차가운 콘크리트 덩어리 속에 격리되어 지내는 현
대 도시인 ― 우리들 모두의 자화상이다. 낭송하자마자 짙은
공감이 파도처럼 밀려온다.

이번에는 〈고등동 여인숙〉. 신부님이 일하셨던 다시서기지원
센터가 있는 바로 그 동네다. "방 두 평으로, 고만고만 열 댓
개의 방/ 이불 한 채, 가스버너, 밥통과 수저/ 그의 지친 몸처럼
엎어진 막걸리 병"밖에 없는 후줄근하고 더러운 여인숙이다.

비탈져 내려오는 골목길

아무도 찾아오지 않는 겨울

등불 앞세운 저녁 햇살이

여인숙에 먼저 와서 기다린다

길을 걷는다는 것은

외로움이 그리움을 업고 가는 것

신세진 겨울을 갚기 위해
비닐봉투에 친구 이름 넣어 불러주면
두터운 빙벽 이기며
제비꽃 생글거리는 미소 피어난다
… 중략 …

찌그러진 양은 냄비에 익어가는
인도산 향긋한 카레 냄새가
노을처럼 맛있다

따스한 군불로
신세진 겨울 지필 때
상처 난 것들 안아주는
고등동 여인숙

　　나지막한 목소리로 천천히 낭송하는데, 금세 까닭 모를 눈물
이 흐른다. 작은 위안이라도 삼을 수 있는 장소가 남아있어 그나
마 다행이어서 인 걸까. 어쩌면 〈고등동 여인숙〉은 노숙자들에
게 한 줄기 빛이 되어주는 다시서기지원센터이자 신부님 자신이
리라. 도올 김용옥 선생이 "눈물 나게 아름다운 위대한 시"라고
극찬한 것이 조금도 지나치지 않다. 어라, 아주 잘 읽히는데?

『바다의 푸른 눈동자』는 그러나 기본적으로 읽고 싶지 않은 시집에 속한다. 주로 일그러진 자본주의에 상처받은 한국사회의 어둠과 모순을 고발했기 때문이다. 어둠과 절망이 감도는 후미진 뒷골목을 굳이 산책 코스로 삼고 싶은 사람은 별로 없다. 나도 피해 다니는 수원역 맞은편 집창촌 근처 옛날 버스터미널 일대에는, 몇 년째 재개발이라는 자본주의의 장난으로 텅 빈 건물이 많다. 그곳 방 한 칸이면 〈동사凍死〉 직전인 "김씨, 겨울을 나고도 남는다." 그러나 "사람이 되지 못한 노숙자"는 몸 누일 공간 얻으려고 고가도로 밑을 찾다가 "개새끼처럼 차에 치였다." 어찌어찌 살아남아도 그저 "하루치 삶이 덤으로 주어진 것이 고마운" 존재일 뿐이다. 우리는 자본주의가 야기한 시베리아 벌판 같은 이 지독한 양극화의 위기를, 가능하면 '타조의 믿음ostrich belief'처럼 모래 속에 머리를 파묻고 모른 척하고 싶은 것이다1.

『바다의 푸른 눈동자』는 그래도 읽고 싶은 시집이다. "길을 걷는다는 것은 외로움이 그리움을 업고 가는 것." 외로움과 그리움의 가치를 가르쳐주기 때문이다. 광교산 비탈의 싱그럽던 상수리나무들은 만추가 되자 남은 것 하나 없는 낙엽이 된다.

1_ 〈고등동 재개발 빈 집〉, 〈동사〉, 〈무단횡단〉, 〈무료급식소의 봄동〉, 〈패키지 상품〉, 〈시베리아 벌판을 지나며〉 등 참조.

외로움. 노숙자만이 아니라 우리 모두가 공감하는 인간 실존의 슬픔 아닌가. 고향 바다의 푸른 눈동자는 차가운 도시의 밤을 견딜 수 있는 힘이다. 그리움. 고향과 어린 시절은 누구에게나 삶의 버팀목이 아니던가2.

> 여름날 새벽, 갈치 낚시 마치고 돌아온 어부가 굽는 은갈치 맛 때문인지, 하늘에 있던 별들도 실눈을 뜨고 바라보고 있다. 참숯과 석쇠, 그리고 갈치 위에 뿌린 굵은 소금처럼, 점점이 박힌 은하수는 늙은 어부가 보고 싶은 것이다. 바다는 은하수를 바라보고, 늙은 어부는 은갈치가 되었다.
>
> — 〈여름밤 은갈치와 은하수〉 전문

광활한 여름 밤하늘에 점점이 박힌 은하수를 바라보는 고향 바다. 생각만 해도 눈앞에 선연히 떠오르는 그 광경이 눈부시게 아름답다. 게다가 갈치 굽는 고소한 냄새, 굵은 소금이 참숯 위에서 타닥타닥 튀는 소리에 별들도 실눈을 뜨고 바라본다니! 시각 청각 후각적 효과가 기막히게 어우러져 선명하게

2_ 〈고등동 여인숙〉, 〈상수리나무의 만추〉, 〈바다의 푸른 눈동자〉 참조.

각인된다. 누구라도 동경하는 그런 추억을 지니고 있다면 엄동설한 눈보라 치는 시베리아 벌판을 걸어가도 얼어 죽지 않을 것 같다.

『바다의 푸른 눈동자』는 누구나 반드시 읽어야만 하는 책이다. 첫째, 시로 쓴 100년 대한민국의 근현대사이기 때문이다. 질곡에 빠진 민초들의 삶과, 숨기고 싶은 치부로 점철된 흑黑역사지만 그래도 읽어야만 한다. 역사를 모르는 민족은 미래가 없다고 하지 않았던가[3]. 둘째, 세계인이 노래하고 춤추며 선망한다는 화려한 K-문화의 대한민국이 왜 OECD 중에서 자살률 1위의 국가인지, 그 현상을 비판하는 데 그치지 않고 나아가 상처의 치유를 시도하고 있기 때문이다. 단서는 고향 바다와 어린 시절에 대한 회고였다. 돌이켜보니 절망과 희망이란 동전의 양면이라는 사실을 시인은 눈치채기 시작한다.

함께 배를 타던 이웃집 아저씨들과 친구들을 거친 겨울 바다가 삼켜버려 한없이 미워도, 아무 일 없었다는 듯이 굴뚝 옆에 앉아 있는 소년의 눈동자 속에 바다가 들어오면, 겨울이어도 섬은 아늑했습니다. 파시 철처럼 모두가

3_ 〈노숙 100년사〉 참조.

바쁜 날들, 저녁밥은 엄마가 해주어도 불씨가 전해주는
따스함이 남아있을 때까지, 굴뚝 옆에 쪼그리고 앉아 있
던 소년을 사랑한 것은 바다였습니다.

- 〈바다의 푸른 눈동자〉에서

차가운 도시의 밤을 견딜 수 있게 해주는 아름다운 고향
바다는, 이웃집 아저씨들과 친구들을 삼킨 통곡의 겨울이었
다. 그래도 시인은 말한다. 겨울이어도 섬은 아늑했다고. 소
년을 사랑한 것은 바다였다고. 고난과 역경逆境의 현실이야
말로 구원救援의 샘물이요, 위대한 사랑의 원천임을 깨달은
것일까. 시인은 다시 차분하게 노래한다.

역전 시장 노점상 푼돈을 삼키고
배불뚝이가 된 저축은행 대주주
주머니만 채워도 시샘하지 않고
떡잎 나누어 피는 파릇한 봄동들

수원역 광장 가득
봄볕을 흩뿌린다.

- 〈무료급식소의 봄동〉에서

인간은 두 부류가 있다. 환난의 겨울이 닥쳐오면 주저앉아 그대로 쓰러져 버리는 사람들과 절망 속에서도 다시 일어나 길을 걸어가는 사람들. 노숙자도 마찬가지다. 어떤 노숙자들은 쓰러져버린 채 일어나지 못하지만, 어떤 이들은 질곡의 삶일지언정 주머니만 채워도 시샘하지 않고 희망의 봄볕을 흩뿌린다. "자기 앞에 놓인 것 없지만, 추락하여 주저앉은 이들 일으키고 있다." 새벽 미사를 드리는 시인은 "숙명의 사제복을 입고/ 흐르는 깊은 강을 바라본다[4]." 그리고 기도와 명상에서 얻은 깨달음을 고백한다.

> 떨리는 것은
> 당신 때문이 아니라
> 당신이신 사람 때문입니다.
>
> - 〈미사를 마치고〉에서

그들은 루저가 아니라 깨달음을 얻은 우리들의 스승이라고. 역경과 고난의 겨울은 우리를 성장시켜주려는 당신의 선물이라고. 아니, 낮은 데로 임하신 하나님 바로 당신이시라고. 절망으

4_ 〈상수리나무의 만추〉, 〈새벽 미사〉 참조.

로 부르는 희망의 노래 『바다의 푸른 눈동자』는 누구나 반드시
읽어야 하는 책이다.

명상하고 행동하는 순례자의 노래, 『그대에게 연을 띄우며』

『그대에게 연을 띄우며』는 신부님이 노숙인과 함께 뒹군 거
리의 이야기 제2탄이다. 제2탄은 제1탄보다 낭송하기가 좀 더
버겁다. 인간의 청각 활동에는 소리를 들을 수 있는 데시벨 영
역이 있다. 시詩 낭송도 마찬가지다. 소리의 장단長短과 고저강
약에 모두 적정 영역이 있다. 그런데 이 시집은 낭송이 포용하
는 데시벨 영역의 경계를 극에서 극으로 넘나든다. 낭송이 어려
울 수밖에 없다. 그만큼 감상하기가 쉽지 않다는 얘기다.

이 시집의 감상 키워드는 기도와 명상, 울분과 절규다. 기도
와 명상은 소리가 없다. 지하의 동굴에 고인 호수처럼 정적에
휩싸여있다. 이따금 똑 똑 떨어지는 물방울 소리가 있지만 섬세
한 안테나를 발동하지 않으면 포착하기 어렵다. 울분과 절규는
천 길 낭떠러지에서 무섭게 떨어지는 폭포 소리다. 강렬한 고음
에 금방 귀가 먹먹해지고 청각이 마비되어 버린다. 소리가 그렇
다는 것은 정서도 그러하다는 뜻. 명상에 잠겨 조용히 반짝이던
지성의 모습이 울분의 화산이 터지듯 이글거린다. 정서의 기복

이 이렇게 극단적으로 변화하면 독자는 작가의 정서를 쫓아가기가 어렵다. 그런데도 시인은 왜 이렇게 극단을 달리는 걸까? 그가 기도하고 명상하는 이유는 무엇이며, 분노하고 절규하는 이유는 또 무엇 때문일까?

> 할머니 죄를 고백하세요…….
> 뭔 죄가 있을랍디요 사는 게 죄지
>
> — 〈고해성사〉 전문

내키지 않는 길이었습니다. 거룩한 땅은 어느 곳에도 없고, 당신이 서 있는 곳인지 모를 일입니다. … 중략 … 통곡해야 할 벽에 눈물은 없고, 전차 경기하던 밤의 향락, 로마군단을 위한 바닷가의 목욕탕 별것도 아닙니다. 지중해 넘실대는 물결은 오줌 한 번 갈기면 발목 잠기는, 내 고향 추자도 후포와 똑같았습니다. … 중략 … 순례의 길은 우리가 만들어나가야 합니다. 이 땅의 사람들이 왜 이다지도 슬퍼하는 것인지, 모두 아파서 중병에 걸렸는데 도무지 약도 의사도 무서워 덮어버린 것이나 마찬가지입니다. 어린아이에게서 노인에 이르기까지 도무지 길이 없다는 아우성이 하늘을 울립니다. 이 땅의 슬픔을 발견해내고, 세상을 변화시키려는 굳은 실천적인 사유가 있는 곳이 거룩한 땅입니다.

- 〈이스라엘 순례를 마치고〉에서

사제 시인이 기도하고 명상하는 이유, 신神이 아니라 인간 때문이었다. 형이상학의 거룩한 명제가 아니라 이 땅에 사는 민초들의 삶 때문이었다. 그에게 있어서 '순례'란 신의 땅을 찾아가서 성령의 은총을 받는 것이 아니라, '이 땅의 슬픔을 발견해내고 세상을 변화시키려는 실천적인 사유'다.

그리하여 시인은 기도하고 명상한다. 이 땅의 산과 바다에서5, 항구의 저잣거리와 도시의 후미진 뒷골목 선술집에서6, 음악과 미술과 공예품 속에서7, 역사적 인물과 사건 속에서8, 이 땅의 모든 것을 순례하는 길 위에서 늘 슬픔을 발견해내고 세상을 변화시키려는 실천적 사유에 잠긴다. 『그대에게 연을

5_ 〈반야봉 새벽 운무〉, 〈덕유산에서〉, 〈비양도〉, 〈남도여행〉, 〈돗돔〉, 〈홍어 애〉, 〈다금바리〉 등 참조.

6_ 〈목포의 눈물〉, 〈유달산 달동네〉, 〈돌아와요 부산항에〉, 〈수원역 일미집〉 등 참조.

7_ 〈겨울나라 뜨거운 노래〉, 〈김홍도 씨름도〉, 〈최순우 조선백자 달항아리〉, 〈고려청자〉 등 참조.

8_ 〈전봉준〉, 〈장준하 선생님〉, 〈어제와 내일의 세월호〉 등 참조.

띄우며』의 절반은 순례자의 명상집인 것이다.

모든 시인은 순례자이다. 그러나 신부님이 그들과 다른 점이 있다. 대부분의 시인이 마음속 순례에 머무는데 반해, 신부님의 순례 길은 심로역정心路歷程에서 그치지 않고 실상實相의 세계로 이어진다. 모진 추위에 쓰러진 소외받은 자들의 대부가 되어, 함께 뒹굴며 슬퍼하고 통곡하는 거리의 삶을 산다. 삼보일배 오체투지五體投地보다 더욱 실천적인 이 순례의 길을 통해 시인은 다시 한번 확인한다. 이 땅의 "문명은 야만과 증오가 흘린 피의 강"이라는 사실을. 이 땅에는 길이 없다는 사실을. 희망은 지구에서 4,000광년이나 떨어진 미리내의 별 NGC 2440에나 존재한다는 사실을[9]. 늘 개돼지처럼 살며 죽음의 언저리에서 서성이다가 허망하게 삶을 마감하는 수많은 슬픔을 끊임없이 목도하면서, 시인의 마음은 갈가리 찢어진다.

고등동 뒷골목
서울 가는 길 막혔지만
짙은 안개 포근한 이불처럼
단칸방 있었으면 참 좋겠다

9_ 〈세상의 모든 93.1Mhz〉, 〈NGC 2440〉 참조.

한 치 앞 보이지 않던
드러난 살갗 잊을 수 없도록
숨을 거둔 털보 새벽이 덮어준다
피 토하다 이제야 쉬는 노숙인

- 〈털보〉에서

술 먹다 말고 올렸는지
오십구 년 돼지띠 음력 칠 월생
호적에는 오십팔 년 개띠로 적어
두 인생 버거워 취한 개돼지가 되어
올 더위 못 넘길 줄 알았는데 용하다

빌어먹는다고 고생했던
폐에 물 차 먼저 간 박씨
술병으로 집중치료실에서 죽은 털보
노숙 판 여인 만나 새끼 둔 김씨
통닭 사러 가다 차에 치인 막내
같은 처지 요양병원 외로운 이씨
수급비 삼십팔만 원으로 버티다가 응급실 간 최씨
모두가 개돼지로 불리며 잘들 살았다
… 중략 …

다음에는 돼지로 진흙탕 뒹굴다가
목에 칼이 콱 들어오는 축제 벌여
크게 하늘 보고 웃어야겠다.

- 〈웃다 간다〉에서

　노숙자 박씨, 털보, 김씨, 막내, 이씨, 최씨…, 모두가 개돼지
로 취급받으며 죽지 못해 살고 살지 못해 죽어간다. '개돼지'는
시니컬한 자조自嘲의 넋두리가 아니다. '가진 자'들이 '못 가진
자'들을 바라보는 인식이라는 것은 우리 사회의 팩트fact다. 그
러고 보니 59년생 돼지띠인 우리의 사제 신부님도 호적에 58년
개띠로 잘못 올라 그들과 함께 개돼지가 되었단다. 쓴웃음도
잠시, 운명적으로 개돼지가 된 시인의 목소리는 점점 격앙된다.

　가난한 백성 돌보던 선비정신 마치고 삼대 지나 노숙인
이 되고 보니 갑오 을미 지나 그렇지 않아도 병신년인데
죽지도 않고 또 왔네 백성이 하늘이라 피 흘려 외치는 우
금치 … 중략 … 닥치고 이거나 먹어라. … 중략 … 최저
임금 올리고 고임금 내리거나 동결하면 될 것을 낙수효
과 웃기지 마라 재벌 배때지 나온 이유를 정녕 모르느냐
88만원 세대 N포 세대 무섭다 아프니까 청춘이라고 속
아 넘어가지 마라 아픈 세상을 바꿔야지 너만 성찰하고

동사무소에서 인문학 하냐 ··· 중략 ··· 닥치고 이거나 먹
어라. 3D 업종 안 간다고 웃기지 마라. 1년 하고 모가지
날아가고 임금 적어 새끼들 가르치지도 못하고 그것 벌
어 결혼도 못하고 고물가에 어떻게 살아가냐 그러니 노
숙하지 ··· 중략 ··· 이 썩을 놈들아 당장 닥쳐라 ··· 중략
··· 공부하는 학자들 연구 못하면 노가다 돈이나 벌어라
공부해서 네가 가지려고 하지 말고 제발 우리가 남이냐
··· 중략 ··· 할 것 못하면 닥치고 이거나 먹어라 ··· 중략
··· 이 썩을 놈들아 당장 닥치고 이거나 먹어라.

- 〈닥치고 이거나 먹어라〉에서

그 절망의 현실에 부르르 몸을 떨며 시인은 주먹질을 하면서
욕을 퍼붓는다. 그에게 들려오는 세상의 모든 소리는 외친다.
저항하라고! 광화문 광장 촛불을 든 민초들의 함성, 우금치 벌
판 동학혁명 민초들의 고함소리, 전인권의 뜨거운 노래가 절규
한다. 취하지 못한 운명에 저항하라고. 독이 뚝뚝 떨어지는 열
망을 회복하라고[10]! 끊임없이 나타나는 거대한 비극에 질식하
여 쓰러졌던 사제 시인도 일어나서 소리 높여 절규한다.

10_ 〈전봉준〉, 〈겨울나라 뜨거운 노래 - 전인권 콘서트에 부쳐〉 참조.

모든 주어진 신을 저항하라

신을 믿는다는 너의 폭력을 저주한다.

… 중략 …

네가 믿는다는 비겁한 신에게 반항한다.

… 중략 …

세계의 거짓된 모든 신에게 저항할 것이다.

… 중략 …

왜냐고 질문한다면

비극이 반복되어 해결할 길이 없다는 것

끊임없이 나타나는 거대한 슬픔에 질식한다는 것

나의 부끄러움에 저항하고 행동할 것이다.

– 〈저항하라〉에서

신에게 저항하라! 시인은 신을 믿는다는 자들의 폭력과 끊임 없이 반복되는 이 땅의 비극을 방관하기만 하는 그런 비겁한 신, 거짓된 신과 맞서 싸우겠노라고 선언한다. 여기서 혹자는 의문을 품기도 한다. 아니, 신부님이라는 양반이 하나님한테 저항하라고? 프롤레타리아 혁명이라도 일으키자는 말이요? 사제 시인이 아니라 좌파 혁명가 아뇨? 그리고 대충 살펴보니까 운문인지 산문인지 기록문인지 정체불명의 글들이 많던데, 이거 순 엉터리 아냐?

내가 대신 답변해드린다. 당신의 그 하나님은 거짓 하나님이라고. 참된 휴머니즘을 혁명가라는 이름으로 빨갱이 취급하지 마시라고. 당신은 그저 모순의 현실에 눈을 감고 싶을 뿐이라고. 중국 현대문학의 아버지라고 불리는 루쉰鲁迅의 청년 시절 꿈은 의사였다. 그러나 중국 민중이 영혼마저 마비되어가는 현상을 목도하고 큰 충격을 받아 문학의 길을 선택했다. 육체의 병을 고치는 의사를 포기하고 문학을 도구로 먼저 영혼의 병을 고쳐보고자 했던 것이다. 그리고 같은 이유로 루쉰은 점차 문인이라기보다는 혁명가에 가까운 길을 걷게 된다.

그렇다. 의술은 우리 삶의 목적지가 될 수 없다. 문학도, 사제 시인도, 궁극적인 목적지가 아니다. 중요한 것은 '인간 구원' 그 자체 아니겠는가. 문학을 포함한 모든 학문은 인간의 삶의 질을 향상시키기 위해 존재하는 것. 그 자체가 절대적이 아니다. 인간의 삶과 괴리된 학문은 결단코 학문이 아닌 것이다. 그것이 동아시아 학문의 전통정신이다.

시인이 목도한 현실은 너무도 절박하다. 감당할 수 없는 커다란 슬픔이 무한 반복되고 있는 이 땅에서, 민초들은 오늘도 죽음의 언저리에 서서 개돼지처럼 살다가 개돼지처럼 죽어가고 있다. 만약 '내'가 사랑하는 사람이 이렇게 죽어간다면? 누구라도 너무나 다급해질 것이다. 그 절박한 순간에 신부인지 시인인지 혁명가인지, 운문인지 산문인지 기록문인지, 그게 무슨 상관

이랴. 내가 너무도 사랑하는 그 사람을 살릴 수만 있다면 그게 장땡 아니겠는가. 시인이 이토록 절박한 이유, 모든 인간을 사랑하는 진정한 휴머니스트이기 때문이다. 『그대에게 연을 띄우며』는 행동하는 순례자의 사랑 실천 노래다.

쟈클린의 눈물로 듣는 순례자의 노래, 『수원 방랑』

제3탄 『수원 방랑』은 이 땅의 슬픔을 중화시켜주는 아름다운 순례자의 노래다. 그러나 독자들이 가까이 다가서기가 영 쉽지 않다. 이유는 크게 두 가지다. 첫째, 시인의 노숙인 시리즈 결정판이라고 할 수 있는 이 책에는, 현대한국사회의 자본주의가 저질러놓은 어둡고 슬프고 더러운 장면들이 옛날 신문의 흑백 보도 사진처럼 적나라하게 펼쳐진다. 보통사람들은 이런 종류의 이야기를 별로 듣고 싶어 하지 않는다. 게다가 책을 펼치면 노숙인의 퀴퀴한 냄새가 천지를 진동한다. 그 냄새를 접해본 적이 있는 사람은, 기억의 뇌세포에 저장된 그 썩은 내가 그대로 재현되어 풀풀 풍겨오는 느낌을 받는다. '인간 구원'이고 '휴머니즘'이고 뭐고 간에 우선 당장은 그 악취에서 도망가고 싶은 것이다.

둘째, 시 감상에는 낭송이 최고인데, 이 시집은 낭송이 잘 안 된다. 시집이라면서 운문체가 아니라 대부분 만연체의 장문

長文으로 쓰여 있다. 더구나 그 긴 문장에 이따금 마침표만 찍혀 있을 뿐, 놀랍게도 쉼표가 하나도 없다. 어디서 쉬어 읽어야 할지 알 수가 없는 것이다. 낭송을 하면 소리가 엿가락처럼 늘어지다가 호흡이 가빠져서 급기야 아무 데서나 쉬게 된다. 눈으로 훑어보면 내용은 대충 알 것 같은데, 소리로는 잘 읽히지 않으니 좀처럼 감정이입이 되지 않는다. 독자와 작가의 공감대 형성이 어려운 것이다.

『수원 방랑』은 왜 이렇게 쓴 것일까? 가혹한 삶의 전쟁터에서 '죽어가는 자들의 소리'를 담고 싶었기 때문이리라. 힘없이 죽어가고 있는 자의 신음소리는 잘 들리지 않는다. 끊어졌다가 간신히 이어지는 그 소리는 대부분 어둡고 무겁게 가라앉아있다. 어법語法이 맞을 리도 없다. 그런 소리가 어떻게 살아있는 자의 감정이 담긴 목소리로 낭송이 되겠는가.

그리하여 시인은 특별한 기법을 채택한다. 음악의 힘을 빌려 독자와의 정감 교류를 시도한 것이다. 『수원 방랑』은 다섯 개의 챕터로 구성되어 있다. 「제1부 자클린의 눈물 – 길 위에서」 등등, 소제목이 모두 음악과 관련이 있다. 〈자클린의 눈물〉, 우리나라에도 제법 알려진 오펜바흐의 첼로 연주곡이다. 그 곡을 틀어놓고 천천히, 아주 천천히 읽어보시라.

방황을 낭만으로 승화시켜주는 그 멜로디, 슬픔이 얼마나 아름다운 것인지 가르쳐주는 그 첼로 곡을 조용히 듣다 보면,

고린내 진동하는 그 악취가 바로 나의 것, 우리들의 것, 삶의 모든 구석진 곳에서 풍겨오는 슬픈 아름다움이었음을 깨닫게 된다. 시인의 가슴에 흐르는 통곡의 눈물도 보인다. 우리의 눈가도 어느새 촉촉해진다. 쉼표가 하나도 없는 만연체의 산문시집 『수원 방랑』은, 〈자클린의 눈물〉과 함께 아주 천천히 음미하면 아름다운 슬픔의 노래로 변신한다. 신부님이 걸어놓은 마법의 장치다. 『수원 방랑』은 이렇게 읽어야 한다.

시집 『수원 방랑』은 그 안에 수록된 단편시 〈수원 방랑 1, 2, 3〉에서 제목을 따온 것이다. 단편시 〈수원 방랑 1, 2, 3〉은 방랑의 기록이 아니다. '수원'도 방랑의 장소가 아니라 순례 길의 따스한 쉼터다.

2019년 초, 수원을 떠나게 되자 신부님은 이 시를 쓰면서 지나간 세월을 회상한다. 전쟁터에도 꽃은 피어나는 법. 뇌리에 소환된 추억은 따스하고 소소한 즐거움이었다. 만나면 그저 반가운 사람들, 정든 뒷골목 비좁은 막걸리 집. 사람의 냄새를 맡고 민중의 숨소리를 듣는 즐거움이 있었다. '수원'은 울고 있는 그대에게 빛의 멜로디를 들려주었고, 몽마르트르 언덕처럼 "거리의 슬픔을 안아주는 밤의 꽃"이 되어주었다. '대물 뱀장어' 같은 노숙인과 함께 오래된 시집, 인스턴트커피 한 잔 마시며 아무 생각 없이 바라보는 따스한 저녁노을 빛이었다[11]. 시집의 이름도 '수원 방랑'이라고 지은 것은 그 따스한 빛을 잊지 못해서 아니었을까.

그러나 '수원'은 동시에 '고난의 순례 구간'이기도 하다. 거기에 이 시집의 참된 가치가 있다. 『수원 방랑』은 필경 쉼터에서의 따스한 이야기가 아니라 고난의 길에서 부른 순례자의 슬픈 노래인 것이다. 이 순례 길에는 실상實相의 세계에서 걸어가는 실천의 구간도 있고, 기도와 명상의 세계에서 걸어가는 사유의 순례 구간도 있다. 시인의 그 순례 길을 뒤따라 가보자.

사제 시인이 노숙인을 돕는 수원시 다시서기지원센터장의 직책을 맡아 실상의 세계에서 걸어가는 이 순례 길은 여기저기 죽음이 널려있는 참혹한 전쟁터다. 신음소리와 함께 죽어가는 자들의 모습이 종군기자의 보도사진처럼 리얼하게 펼쳐진다. 『수원 방랑』은 〈자클린의 눈물〉 선율이 애잔하게 흐르는 퓰리처 사진전인 셈이다.

맨 앞에 걸린 '사진'은 〈블랙야크〉. 히말라야 맹추위가 닥쳐오자 수원역으로 몰려드는 노숙인들. 사람들은 눈에 쌍심지를 켜거나, "내 일이 아닌 것처럼, 내 사랑하는 그대가 아닌 것처럼, 모르는 척 지나간다." 그 때 신부님에게 문자가 온다. "노숙인 춥지 말라고 텐트 좀 사주세요." 사람이 대大우주인 다른

11_ 〈수원 방랑 1, 2, 3〉, 〈울고 있는 그대에게〉, 〈몽마르트르 언덕에서〉, 〈알람브라 궁전에서〉, 〈대물 뱀장어〉 참조.

행성의 은하수에서 온 외계인 같은 어느 '정신과 의사 놈12'이 아내 몰래 후원금을 보내온다. 덕분에 춥고 어두운 순례 길은 한 줄기 빛과 함께 시작한다. 그러나 시인이 이 순례 길의 맨 앞에 블랙야크 텐트를 쳐놓은 이유는 독지가의 후원을 바라서 가 아니다. '생존의 도구'이기 때문이다.

> 허연 죽음 목구멍으로 밀어 넣고 한발 한발 처음으로 올랐던 고상돈 에베레스트 1977년 살아 돌아와야 하는데 수원역에 텐트 두 동을 쳤다. 말이 필요 없이 살아남아야 한다.
> – 〈블랙야크〉에서

시인은 말한다. 살아남아야 한다고. 그렇다. '생존'이야말로 『수원 방랑』의 키워드다. 사제 시인은 사회주의 혁명가가 아니다. "자본주의냐 삶이냐!" 어느 슬로건에서 말하는 것처럼, '생명/생존'의 대척점에 '자본주의'가 서 있기 때문에 비판하는 것이지, 이데올로기는 시인의 관심사가 아니다. 그의 관심사는 '삶'이다. '생명'이다.

12_ 〈아틀라스〉 참조. 아름다운의원 정두훈 원장님일 것이다. 우리 사회의 소금 같은 분.

삶에 있어서 가장 소중한 명제는 무엇일까? 범인凡人들은 돈과 권력을, 국가는 민주라는 단어를 숭상한다. 대학이 주로 내거는 구호는 진리, 자유, 평화, 정의 등등이다. 하지만 나는 '생명'을 가장 중요한 명제로 삼은 장공 김재준 선생님의 생각에 격하게 공감한다. 제아무리 고상하고 훌륭한 명제라 할지라도 존재가 사라지면 무슨 의미가 있겠는가. 『수원 방랑』은 생존의 방법과 생명의 가치를 찾아 나선 순례길 이야기인 것이다.

두 번째 '사진'은 〈스텝 회의〉다. 수원역 부근 옛날 버스터미널 맞은편에 있는 다시서기지원센터에서, 어느 명절을 앞두고센터장인 신부님이 스텝 회의를 가지는 장면이다. 회의의 내용은 무엇일까. 결론은 무엇일까. 수원역 노숙인 현장은 자본주의에 의해 무시로 생명이 사라지는 전장戰場이다. 그곳에서 열린회의라면 의제가 무엇이든 결국 '살아남기 작전회의'나 다름없다. 그러나 회의는 하릴없이 끝난다. 자본주의 사회는 어차피답이 없기 때문이다.

자본주의는 무한경쟁 시스템이다. 필연적으로 노동시간, 산업재해, 실업과 불평등을 야기한다. 모두가 아무리 열심히 노력해도 5~10%는 실업자가 될 수밖에 없다. 의지 상실, 우울증에걸려 자살률과 사망률이 늘어날 수밖에 없다. 태생적으로 끊임없는 슬픔이 이어질 수밖에 없는 구조인 것이다.

대한민국의 자본주의는 더욱 심각한 문제를 안고 있다. 이론

대로라면, 능력이 뛰어나면 '가진 자'가 될 수 있고, 열심히 노력하면 극락 천국 'SKY캐슬'의 주민이 될 수 있다. 마찬가지 이치로 능력이 부족하고 게으르면 5~10%의 루저로 도태될 수밖에 없단다. 정말인가? NO! 거짓말이다. 정말이라면 우리의 신부님이 그토록 분노하고 절규할 리가 없다.

이 땅에서 그 '능력자'의 실체란 무엇인가? 독립군 잡아 족치던 친일매국노들의 후예가 대부분 아니던가! 반대로 어느 광야에서 삭풍을 맞고 싸우던 독립군 후손들은 출발선이 뒤처져 "전철에 끼어 숨지고 기계에 갈아져 나오고 길에서 옥상에서 굴뚝 위에서 절망을 토해낸다." 그러다가 실업자가 되고 노숙인이 된 것이다. 이 지독한 모순과 불평등 구조 속에서 어찌 아니 분노하며 어찌 아니 통곡하랴13!

"하늘이시여! 공평무사하고 늘 선한 이들과 함께한다더니 어찌 이럴 수 있습니까! 이러고도 당신이 옳다는 말입니까?" 맑고 고운 삶을 사는 사람들은 고난 속에서 비명에 가고, 도척盜跖 같은 무리들은 삼대에 이르도록 잘 먹고 잘 사는 모순을 지켜보며 하늘을 향해 분노하고 절규하던 사마천司馬遷의 모습이 겹쳐

13_ 〈SKY캐슬 1〉 참조.

보인다[14].

사제 시인은 한없이 답답하다. 블랙야크 텐트를 쳐서 히말라야 추위에 살아남는 것은 임시방편일 뿐, 이 모순과 불평등을 구조적으로 해결하여 실업자와 노숙인 없는 세상을 만들 방법은 찾을 수가 없기 때문이다. 답이 없고 길이 없기 때문에 회의는 언제나 하릴없이 끝난다. 그러나 포기할 수는 없는 일.《수원방랑》은 또다시 그 '생존의 방법'을 찾아 길을 떠난 순례자의 고뇌가 담긴 이야기이다.

'사진전'에는 여기저기 "꽃 한 송이 고개 떨구고 팔랑거리던 나뭇잎 흙으로 내려오는[15]" '귀천歸天의 사진'이 유난히 많다. 방 한 칸 없어 수원역 맴돌다가 지원센터가 구해준 보증금 100만원 월세 7만 2천원 원룸에 감격해 하는 '여인 사진'도 걸려있다. 그러나 감격도 잠시뿐, 그녀가 유방암으로 죽었다. 시인은 애인 하나 장만하지 못하고 쓸쓸히 떠나간 그녀의 죽음이 너무나 안쓰럽고 허망하다[16]. 자본주의에 뒤틀린 이 땅의 삶이 끔찍하기만 하다.

14_ 사마천, 『사기(史記)·백이열전(伯夷列傳)』 참조.

15_ 〈아틀라스〉 참조.

16_ 〈달달한 그녀〉 참조.

길은 끝나지 않는 공포의 현장이며 포구는 잠시 증오가
쉬던 곳이며 오랜 성은 오를 수 없다고 울부짖고 있습니
다. … 중략 … 생존은 미래가 없어 전쟁 중이며 희망은
사라지고 죽을 수도 없는 삶은 감춰진 달콤한 유혹 가득
합니다. 기억해야 할 것은 오늘의 슬픔입니다.

— 〈여행〉에서

시인은 침통하게 중얼거린다. 생존은 미래가 없다고. 자본주
의에 희생된 그들을 위해 할 수 있는 일이란 그저 기도하고 위로
해주는 것일 뿐. 사제 시인은 기도한다. 재수 없이 다음 세상에
도 다시 사람으로 태어난다면, 소박하게 노동해도 주린 배를
채울 수 있는 곳에 가시라고. 그곳에서 봄날이 오면 빛나는 춤을
추시라고 축원해준다. 삶이란 그래도 봄날에 초대받은 소풍 같
은 것. 그대들과 함께 놀러 와서 행복했노라고, 기왕지사 소풍
왔으니 사이다라도 한 잔 먹고 가시라고 위로해준다17. 『수원
방랑』은 야수野獸가 된 자본주의에게 생명과 존엄성을 잡아먹힌
이 땅의 민초들이 죽어가는 순간을 포착한 슬픈 사진첩이다.

17_ 〈상갓집에서〉, 〈부에나 비스타 소셜 클럽〉, 〈소풍〉, 〈허수경 산문
집〉 참조.

다음에 걸린 '사진' 제목은, 〈삶〉이다. 아니, 이게 뭐야. 똥 싸는 모습이잖아? 구리구리 퀴퀴한 냄새에 나도 모르게 눈살을 찌푸리고 코를 막는다. 시인은 왜 이런 모습을 〈삶〉이라고 이름 하였을까? 너무 시니컬한 것 아닌가? 무수한 사람들의 삶을 떠나보낸 그가 아직 목숨이 붙어있는 자들의 삶을 바라보는 시각이 궁금해진다.

> 아들아 집 나올 때 똥 싸고 나오너라.
>
> … 중략 …
>
> 지랄 같은 것들에게 아갈머리에 잡혀 찢어지지 말고 똥 이나 시원하게 누면서 살아라.
>
> … 중략 …
>
> 천년을 뒤돌아보아도 단 하루아침이나 즐거웠는지 모르 겠다.
>
> … 중략 …
>
> 길지 않은 인생길 살다보면 혹시 아느냐. 기분 좋은 일 생길지 모르니 집 나올 때 꼭 똥 싸고 가거라.

신부님도 참 나 원. 꼭 이렇게까지…. 나도 모르게 절레절레 고개를 흔들다가, 문득 이게 정말 장난이 아니겠다는 생각에 진지해진다. 엉거주춤 여기저기 기웃대는 그 모습들, 온갖 눈총다 주면서 사방에 자물쇠 철컥 걸어 잠그는 모습들이 눈에 선하다. 그렇다고 싸지 않을 수는 없는지라 에라 모르겠다, 후미진 곳에 퍼지르다 들키면 더 난리가 난다. 그들 입장에서 바라보니 은근히 화가 치민다. 어쩌라는 것인가! 노숙인은 똥도 싸지 말라는 것인가! 존엄성을 빼앗긴 〈삶〉을 들여다보고 있노라니, 문득 『그대에게 연을 띄우며』에 수록된 〈폭염〉이 생각난다.

> 38도 올라 열 받은
> 호텔 뜨겁지도 않지만
> 수원역 뒷길 고가다리 밑
> 신문 깔고 누운 바닥은
> 폭염 속에서도 시원한 정자다.
>
> 일당 까먹고 기둥을 등져
> 장한 홍두깨 허공을 향해
> 청량리 588 옥탑방 고운 여인
> 입술 홍건히 촉촉한 생각 고여
> 간만에 시원하게 사정을 끝내고
> 두리번 헐거워진 바지에 묻을까
> 하루치 광고 찢어 대가리 닦아도
> 흔적을 지우는 일은 쉽지 않다

가슴 아리도록 웃픈 실존이다. 죽지 못해 아직도 남아있는 욕망이 서럽다. 지나가는 여인의 눈에라도 뜨인다면 "으악, 변태!" 소리 지르며 신고할지도 모른다. 가장 원초적인 본능마저도 제대로 해결하지 못하고 전전긍긍 죽어가는 그들의 모습에 시인은 중얼거린다. "천년을 뒤돌아보아도 단 하루아침이나 즐거웠는지 모르겠다."

'생명'이란 단순히 '숨을 쉬고 있는 상태'를 말하는 것이 아니다. 인간으로서 최소한의 존엄성도 보장받지 못하는 삶은 살아있어도 살아있는 게 아니다. 『수원 방랑』은 자본주의가 인간의 존엄성을 잡아먹는 장면을 슬로우비디오로 보여준다. 이 야수를 속히 인간화시키지 않으면 조만간 우리 모두가 잡아먹힐 것임을 '미리보기' 기능으로 경고하고 있는 것이다.

그 다음은 〈장 선생님〉. 어느 상갓집 '사진'이다. 한 때는 잘 나가던 노숙인 장 선생님, 밤낮으로 혼자 술 처마신다. 요양병원도 거부하던 그가 죽었다. 그런데 그에게는 대기업 부장 아드님이 있었나 보다. 갑자기 그가 나타나 후줄근한 병원에 안치되어 있던 주검을 서울의 큰 병원으로 옮긴다. 그리고 "하늘이 무너진 슬픔 주체할 수 없어", 공사다망한 조문객들이 몰려드는 "잘 차려진 상갓집"을 꾸민다. 노숙인과 대기업 부장 아드님. 단절된 그 부자관계가 가슴을 먹먹하게 한다. 남의 이야기 같지가 않다. 〈장 선생님〉은 "삐끗하면 노숙으로 떨어지는 아리슬슬 흔들 위태한" 자본주의 세상에서, 가장 가까운 인간관계마저 흔들리고 있는 우리들의 자화상인 것이다.

노숙인들은 대부분 주구장창 신경정신과 병원 신세를 지면서 환자들하고만 지낸다. 의욕을 되살리고 싶어도 "약 기운 때문인지 그게 안 된다." 도시의 현대인들도 비슷하다. 혼밥 혼술을 즐기는 이들이 점점 많아져 간다. 누군가와 어떤 관계를 맺고 싶지도 않고 관심사를 공유하거나 연락처를 주고받고 싶지도 않은 '도인들'이 너무나 많다.

물론 모든 인간관계가 서로를 이해하고 공감하는 아름다운 인연이 되기를 바랄 수는 없다. 그러나 최소한 "오늘 밤 친구하면서 같이 라면이나 먹을 수 있는" 수준의 관계라도 유지하고 있어야 한다[18]. '삶'이란 타인과의 관계와 관계로 촘촘하게 이어진 '인드라의 그물indrjala'과 같은 것이기 때문이다. 그 그물망을 자르고 관계를 차단한 '나 혼자만의 삶'은 이기주의다. '생명력이 없는 삶'으로 흐르게 마련이다. '생명'이란 타인과 어깨동무하며 더불어 사는 관계를 맺을 때 비로소 빛을 발산하는 것. 『수원 방랑』은 삶과 생명의 의미를 가르쳐주는 순례자의 따스한 생명 교향곡이다.

18_ 〈신 인간관계론 1, 2, 3〉 참조.

『수원 방랑』에서 가장 눈길을 끄는 '사진'은 〈살처분〉이다. 조류독감으로 닭과 오리가 살처분 되는 광경이 아니다. 구제역 방역으로 살처분 되고 있는 수백만 마리의 돼지도 아니다. 이 땅의 수천만 민초들이 살처분 되고 있는 장면을 포착한 것이다. 대한민국은 이제 경제 권력이 정치권력보다 훨씬 더 커졌다. 군사독재시대에서 자본독재시대로 넘어온 것이다. 기업경쟁력이 국가경쟁력이라는 미명 하에 노동자의 생명권이, 인간의 존엄성과 사회 정의가 살처분 되고 있다. 자본의 세계에서 계속 진화하고 있는 이 교활한 바이러스로 인해 이 땅 곳곳에서 대량 살처분이 진행 중인 처참한 '사진'이다. 주목하지 않을 수가 없다.

"22세기는 올 수 있는가?" 최근 독일 사회의 화두가 되었다는 그 말이 생각난다. 대한민국만의 문제가 아니라, 모든 인류가 살처분 중이라는 얘기다. 이미 수많은 지성인들이 문제를 제기했다. 세계환경개발위원회WCED는 이대로라면 인류의 지속이 불가능하다고 경고했고, 하빌랜드W. A. Haviland와 같은 문화인류학자는 인류가 친親자연 친인간적으로 패러다임을 전환하지 않으면, 지구 인구가 100억을 돌파하는 2050년을 마지노라인으로 무너질 것이라고 아예 시한까지 못 박아 예측하고 있다.

지속가능성을 저해하는 요인으로 많은 사람들이 '환경'을 꼽

는다. 지구 온난화와 엘니뇨현상으로 태풍, 가뭄, 산불과 같은 천재지변이 잦아지며, 인구 폭발로 인해 식량이 부족해지고 전염병까지 창궐하여 인류의 지속을 위협한다는 것이다. 그렇다. 하지만 그 모든 요인의 기저에는 자본주의가 있다. 욕망은 무한하고 지구의 자원은 유한하다. 그런데도 자본주의는 마치 물질적 성장이 끝없이 지속될 것처럼 행세한다. 인류의 지속가능성을 저해하는 주범인 것이다. 『수원 방랑』은 인류가 생존의 최대 위기에 직면해 있음을 일깨워주는 생명의 알람 소리이다.

마지막 '사진'은 창문이 있는 곳, 창가다. 기도와 명상에 잠긴 시인의 모습이 보인다. 창가는 시인이 하늘과 만나는 길목이며, 쓸쓸한 영혼을 살찌우는 곳[19]. 시를 쓰며 매일 새롭게 서원誓願을 하는, 텅 빈 겨울처럼 가난한 사유의 순례 공간이다.

가난한 백성 아픈 세상에 부디 이 약초 드시고 고운 임 아픈 곳 낫게 하소서. 지친 사람 한 모금 마시면 명약이 되게 하소서. 겨울 이기라고 귀한 임에게 보낼 사람도 없지만 해마다 약초를 담근다. 살포시 손잡아 주고 싶은 사람. 가느다랗게 뛰는 맥도 확인하고 첫새벽에 길어온 맑

19_ 〈창가에서〉 참조.

은 물에 약초를 달여 먹여야 한다. 살고 싶다는 저 깊은 눈망울을 보면 나는 두려울 것이 없다. 한 철만 더 같이 살다가 바람과 벌판과 산과 폭풍우 지나가는 모습 보이고 싶다.

- 〈약초〉에서

시인은 소망한다. 죽어가는 세상을 살릴 수 있는 약초를 구할 수 있기를 간절히 기도한다. 그러나 그런 신비의 명약이 어디 있겠는가. 고뇌하던 시인은 스스로 '천종산삼'이 되고자 한다. 히말라야의 정기가 담긴 천종산삼 한 알의 씨앗이 바람에 들키지 않는 인연으로 이곳 머나먼 골짜기에 던져지기를, 그래서 당신 자신의 인내의 고행과 열정으로 영글어지기를, 하늘과 맞대응한 생명의 영약이 되기를, 자신의 헌신과 희생으로 생존의 길을 찾는 일에 보탬이 되기를 간절히 소망한다[20].

『수원 방랑』, 그 사유의 순례 길에서 듣는 생명 교향곡은 '기도와 서원의 노래'로 대단원의 막을 내린다. 61편의 작품이 수록된 『수원 방랑』 중에서 유일하게 산문이 아닌 운문으로

20_ 제2탄 『그대에게 연을 띄우며』, 〈천종산삼〉 참조.

쓴 작품이다. 이 시는 자본주의 전쟁터에서 죽어가는 사람들의
신음소리를 대변한 것이 아니라, 신부님 자신의 마음에서 들려
온 내면의 소리라는 뜻이리라.

외로웠다고
푸른 별 지상에 오시던 날
쓸쓸한 것은 그대만이 아니었나니
대우주를 놀라게 한 최상의 선택입니다

풀잎의 새벽
이슬을 정갈하게 위로하던 날
잃어버린 사랑 고개 들어 갈망하나니
날마다 가난을 밝히는 별이 그립습니다

은하수 장하듯
가고 오던 수도자 창창히 빛나며
까불지 말라고 소곤 반짝 웃음 짓나니
그리운 님 얼굴 볼 수 있어 고요합니다

바람 불어와
억센 손 거친 밥 그대 아름다워

뒤돌자 혼자라도 없던 길 만드나니

텅 빈 겨울도 봄날 기다리는 별입니다

　　　　– 〈성 프란시스 수도회 키릴 수사님 종신서원에 부쳐〉 전문

　종신서원을 한 키릴 수사님에게 바친 시다. 외롭고 슬픈 우리 모두에게 불러주는 생명의 노래이자, 사제 시인 스스로의 다짐과 서원이기도 하다. 시인은 먼저 사유의 순례 길에서 깨달은 생명의 의미를 가르쳐준다. 푸른 별 지상에 오시듯, 우리가 이 땅에 생명으로 탄생한 것은 대우주를 놀라게 한 최상의 선택이었노라고. 그리고 다짐한다. 날마다 가난을 밝히는 별을 그리워하는 삶을 살면서 이 땅에 잃어버린 사랑을 되찾아놓겠노라고.

　그렇다. '가난'이 답이었다. 학자들은 입을 모아 말한다. 인류가 다음 세기에도 생존하려면 '적은 것'과 '작은 것' 속에 내재된 정신적 충일함으로 삶의 패러다임을 삼아야 한다고[21]. 다시 말해서 가난하게 살아야 희망이 보인다는 이야기다. 물질적 가난함 속에서 정신적 즐거움과 기쁨을 발견하는 삶을 살아야 한다는 이야기다. 그것이 삶의 본질이요, 생명의 실체인 것이다.

21＿ E. Schumacher, 『작은 것이 아름답다(Small is beautiful)』 (1973)와 M. Lester, 『지속가능한 사회』(2000) 참조

가난은 대한성공회 소속 성 프란시스 수도회의 가장 중요한 삶의 원칙이다. 그러나 아득한 은하수와 허허로운 바람 부는 대자연에서 하나님을 발견하며 무소유의 삶을 실천하는 일은 말처럼 쉬운 게 아니리라. 사제 시인은 매일 종신 서원하듯 매일 새롭게 다짐한다. 이 순례 길은 동반자도 드문 법, 혼자 라도 없던 길 만들며 가겠노라고. 지금은 눈보라가 몰아치는 텅 빈 겨울일지라도 생명의 싹이 돋아나는 싱그러운 봄날을 기다리는 별이 되겠노라고.

풍류 익어 벗님들 꽃봉오리 터졌지만

『수원 방랑』을 비롯한 김대술 신부님의 삼부작 시집은 노숙 인 이야기처럼 보이지만 노숙인 이야기가 아니다. 자본주의의 모순을 고발한 혁명의 노래처럼 들리기도 하지만 그것도 아니 다. 치열한 삶의 전쟁터에서 루저가 되어 괴롭게 죽어가는 자들 의 신음소리 같기도 하지만 그렇지도 않다. 삼부작 시집은 우리 모든 사람들에게 들려주는 우리들의 이야기다. 절망으로 부르는 희망의 노래다. 기도하고 명상하여 깨친 대로 행동하는 사랑의 실천 노래다. 생명이란 무엇인지, 어떻게 살아야 참된 삶인 것인 지, 어떤 생존의 방법으로 어떻게 인류의 위기를 극복해나가야 하는지 가르쳐주는 휴머니스트 순례자의 생명 교향곡이다.

그러나 순례자는 벗님이 그립다. 일망무제의 대초원을 지나 아스라이 줄지어선 히말라야 연봉으로 숨 가쁘게 달려가는 티베트고원의 바람을 맞아본 사람은 안다. 오체투지의 험난한 순례 길에는 반드시 도반이 필요하다는 것을. 하물며 그보다 더욱 고되고 슬픈 이 땅의 실천적 순례의 길이야 말해 무엇 하겠는가!

　　가는 길 끊어져도
　　눈 오시면 맞이하던
　　소년에게 가득한 신화
　　… 중략 …
　　끊어질 수 없다고
　　산과 강 연줄에 달려
　　백두산 넘은 만주벌판
　　독립군 하얀 호랑이
　　겨울밤도 차곡차곡 쌓였다.
　　텅 비어 고요한 섬
　　독산 넘어 연을 띄우면
　　그대 오시는 그리움 가득하다
　　　　　　– 〈슬픔이, 그대에게 연을 띄우며〉에서

매화 향기 좇아 쪽배 타고 건너갈 때

구름 속 달도 빼꼼히 강줄기 비추었다

… 중략 …

풍류 익어 벗님들 꽃봉오리 터졌지만

엊그제 홍안 되돌릴 수 없어 터벅터벅

- 〈당신이 그리울 때면〉에서

　힘들고 외로운 길에서 순례자는 길동무 벗님이 마냥 그립다. '벗 붕朋'은 대붕大鵬, '큰 새 붕鵬'의 편방 글자다. '대붕의 두 날개'라는 뜻. 대붕은 온전한 두 날개가 함께 힘찬 날갯짓을 해줘야만 구만리 창공으로 날아올라갈 수 있다. 한쪽 날개로 힘겹게 날고 있는 순례자는, 어딘가 존재할 또 한쪽 날개의 '그대'에게 그리움의 연을 띄워 보내고 있는 것이다. 내가 순례 길의 도반은 아니로되, 종종 강화도로 쳐들어가서 막걸리 벗님이나 해드려야겠다.

　이 두 편의 시는 뜻도 좋지만 낭송하기에도 그만이다. "풍류 익어 벗님들 꽃봉오리 터졌지만/ 엊그제 홍안 되돌릴 수 없어 터벅터벅…" 특히 이 구절을 나는 너무나 사랑한다. 거대 담론을 떠나서 그저 벗님이 그리운 모든 사람들에게 길이 회자膾炙될 명구名句다. 신부님의 삼부작 생명교향곡은 대부분 낭송하기가 힘들지만, 입에 올리면 옥구슬 구르는 듯 귀가 즐거운 청아한 구절들도 사이사이 숨어있다. 인내하며 숨바꼭질하듯 그 낭창한 청각적 즐거움을 찾아내는 것도 시집을 읽는 커다란 재미일 것이다. 99%의 괴로움 속에서 1%의 즐거움을 찾는 것이 삶의 재미 아니던가.

마치며

풍류 익어 거친 세월 보내고
꽃봉오리 장했던 그리운 벗님들,
빚진 세월 조금이라도 갚기 위해
수익금 전액은
한반도의 평화적인 공존 기원하며
노숙인 돕기와 통일운동단체에
기부합니다.

지은이   **김대술** 金大述 (암브로스)

추자도 출생

신학교 가기 전 열댓 군데 밥벌이

성공회 사제

나환우, 나눔의 집, 노숙인 등 20여년 빈민사목

한국작가회의회원

시집

『바다의 푸른 눈동자』(2013)

『그대에게 연을 띄우며』(2018)

제자 題字   **장종찬(요한) 사제**

지은이 사진   **성범용(암브로스) 사제**

사진 제공   **수원다시서기노숙인종합지원센터**

수원 방랑

ⓒ 김대술

지은이 **김대술** ㅣ 펴낸이 **김종수** ㅣ 펴낸곳 **한울엠플러스(주)**
초판 1쇄 인쇄 **2021년 2월 15일** ㅣ 초판 1쇄 발행 **2021년 2월 25일**
주소 **10881 경기도 파주시 광인사길 153 한울시소빌딩 3층**
전화 **031-955-0655** ㅣ 팩스 **031-955-0656**
홈페이지 **www.hanulmplus.kr** ㅣ 등록번호 **제406-2015-000143호**

Printed in Korea.
ISBN 978-89-460-8018-8 03810 (양장)
978-89-460-8019-5 03810 (무선)
* 책값은 겉표지에 표시되어 있습니다.

이 책에는 Kopub돋움, Kopub바탕, 마포금빛나루, 마포꽃섬, 마포다카포, 마포한아름,
윤고딕, 윤명조, 산돌명조, 산돌고딕 글꼴을 사용했습니다.